山林逸興

詩書悅心

陇上 食事

李满强——著

广西师范大学出版社
GUANGXI NORMAL UNIVERSITY PRESS
·桂林·

陇上食事
LONGSHANG SHISHI

图书在版编目（CIP）数据

陇上食事 / 李满强著. --桂林：广西师范大学出
版社，2020.9
　（悦心）
　ISBN 978-7-5598-3064-7

　Ⅰ．①陇… Ⅱ．①李… Ⅲ．①散文集－中国－当代
Ⅳ．①I267

　中国版本图书馆 CIP 数据核字（2020）第 134150 号

广西师范大学出版社出版发行

（广西桂林市五里店路 9 号　邮政编码：541004）
（网址：http://www.bbtpress.com）

出版人：黄轩庄

全国新华书店经销

广西广大印务有限责任公司印刷

（桂林市临桂区秧塘工业园西城大道北侧广西师范大学出版社
集团有限公司创意产业园内　邮政编码：541199）

开本：890 mm ×1 240 mm　1/32

印张：6.25　字数：145 千

2020 年 9 月第 1 版　　2020 年 9 月第 1 次印刷

印数：0 001~5 000 册　定价：55.00 元

如发现印装质量问题，影响阅读，请与出版社发行部门联系调换。

若把美食当美文

马步升

　　我不得不坦率地说，我是一边流着哈喇子，一边读完这本《陇上食事》的。原因大约有两个：其一是书中所涉及的所有美食我都吃过，有些不止吃过一次，就是我的日常食谱，其中的几种，自己还可凑合着动手去做；其二呢，美食吃起来很美，写出美食那样的美，却是很难的。把一种美食写在纸上，犹如搁在桌上一样，色香味，一并呈现在眼前，读文章好似品尝美食，那就是美文如美食了。

　　李满强是诗人出身，诗人斟酌词句，免不了形容修饰，乃至夸饰。但这部散文集却不是的，自始至终都坚持白描素描。多年来，我给人写过不下百篇的序文，很多文集浏览一部分，明白作者要写什么，写得怎样，大体就可动手作序了。而这部文集，我却是像一个敬业的责任编辑，一字一句读完的。边读边在回味吃这种美食时，是不是如他写的那种色香味，也在考察，他写的每一种美食的加工方法是不是具有操作性。

一种美食的创制和流行，都是有着深刻的缘由的，没有凭空臆造突如其来的美食。作者的美食文章写得好，看得出是深得其旨的。一方水土养一方人，说的就是这个理。要我说，所谓美食并非是物产丰饶之地的专利，大多恰好诞生于贫瘠荒寒之地。为什么呢？物产丰饶之地，食材种类多，品质好，大体弄弄，食物也差不到哪去。而贫瘠荒寒之地，要想活得下去，就得搜寻食材，要把劣质的食材弄成美味，甚至常常要把大家认为不能吃的东西弄成能吃的，而要想活得有些滋味，就得钻研食材的加工技艺。所谓粗粮细作，在食材短缺的岁月里，每家主妇每天都得挖空心思做出饭来，让家人端起饭碗时脸色没有那么难看，她们一个个就这样被逼成了厨艺高手。

作者的高明之处，不是为了介绍美食而写美食，而是将每一种美食都置于幽深的地域文化传统中，有的从初民起，周秦汉唐，一路走来；有的从天文地理，民情风俗，一同汇聚于一种美食当中。一种看似简单粗糙的美食，里面蕴涵着历史的烟云和生民的命运。因而，每种美食都是有根的，而享用美食者，口腹之欲之外，还有追本溯源的意思。吃美食，相当于在吃文化。

看得出，作者是美食家，但如果仅是吃，很容易下沉为一个吃货。他是将人生体验贯穿于每一种美食和每一种吃法中的，吃的是人生况味，吃的是亲情人性，乃至吃出了时代风云。年少时，生计艰难，祖辈父辈，为了能让孩子健康生长，甚至仅是为了能够养活孩子，为了一口饭，真可谓万般劬劳，不惜付出血汗和尊严；而为了让家人吃得可口一些，祖母和母亲，面对每一种食材，也是竭才尽智，挖空心思。然而，且慢，若仅限于此，也只是写出了艰苦的人生。假如人生只有艰苦，只是为了活着而坚韧地活着，虽然伟大，却不见得美好。难得的是，作者在写艰难时，恰好写的是艰难中的美好。一种种食物端上家里的餐桌，端上来的是爱，是情，是希望。不如此，我们便无法理解，在艰苦时代，人们坚持活下去的理由到底是什么。把仁爱炒入炒面里，把亲情腌进酸菜里，把希望烙到锅盔里，用情谊将子弟送往远方，用味觉留住游子的思乡之情。

这其实就是地方美食的真正底蕴，李满强写出了这种底蕴。

甘肃向来号称面食王国，陇上三千里，各地的食谱虽有差异，但面食向来为餐桌上的主角。无疑，小麦面是主角中的台柱子。于是，从陇东到河西，各种以小麦为食材的面食，千姿百态，乃至千奇百怪。如果一个人敢于说他吃遍了陇上所有形制的面食，那肯定是夸口了，无论谁，随口说出几样，一定有一样是你没吃过，甚至没听说过的。在艰苦时代，小麦面是面食里的黄金，不是任何家庭在任何时候都可足量供应的。那么，要依靠什么来渡过岁月之维艰呢？当然是杂粮菜蔬了。杂粮粗糙，加工起来很难，而加工成美食，则更见手艺。长大成人以后，作者的生活半径拓展了，生活条件改善了，看得出他去过陇上许多地方。当然，所谓走遍陇上，也只是几个大的方位都曾去过；所谓吃遍陇上，也只是吃过一些最为有名的美食罢了。而此时的作者，并没有生出一种有钱就可张嘴吃饭的优越感，

3

仍是怀着对每一种食物的膜拜去品尝的，仍是将风俗民情、人生体验、亲情友情，等等元素弥散于其中的。每一种美食，在哪吃，与谁吃，在哪一种境况下吃，滋味如何，感受如何，作者一一道来。山川异域，日月同天，记得哪顿饭是在哪吃的，这是牢记自己的来处和去处；记得哪顿饭是和谁吃的，这是不忘亲情友情；记得哪种美食是在哪种境况下吃的，这是在警醒自己。美食常有常在，而人生则有起伏盛衰。

从来没有一种日月经天江河行地放之四海而皆美的美食，每一种美食都是特定文化风俗、特定人生经验、特定亲情友情的混合体，仅仅写出美食之色香味，充其量只是食谱，只有写出这种混合体来，才算得上是关于美食的美文。若把美食当美文，炊烟缕缕总是情。这本有关陇上美食的文集，可作如是观。

是为序。

庚子二月十四日周六于兰州家中

目
录

下辑　花色

日常

睡觉要扎个死势
干活要扎个泼势
吃饭要扎个饿势

一碗面，一座城

兰州，一座神秘之城。这里因大漠飞天、边塞晓月、金戈铁马的过去而在无数诗词与谣曲里被反复传唱。因为偏安西北一隅，即便是资讯、交通无比发达的今天，许多外地人仍没有完全深入过这个城市的内部，没有感受到他别具一格的气质。有年和浙江的一个朋友喝酒，他甚至极其认真地问我："你们还是骑着骆驼上班吗？"

我哈哈大笑。朋友有些羞赧，又跟了一句："不过你们兰州的拉面的确好吃，我们这边到处是兰州拉面馆。"我未作反驳，继续喝酒。但说句掏心窝子的话，外行吃热闹，内行吃门道，在兰州本地人心目中，"兰州拉面"和"兰州牛肉面"绝对是两个截然不同的概念。兰州人更喜欢把牛肉面呼之为"牛大"或者"牛大碗"。一碗正宗的兰州牛肉面，和各地挂着的"兰州拉面"招牌的面食是有着本质区别的。

这区别，就在于汤料。

　　话说公元 1915 年，时年三十五岁的回民青年马保子，在兰州城里开了一家面食店，这面是由清朝嘉庆年间河南人陈维精所创的拉面。当时，作为西北重镇的兰州城仍然是一派繁华景象，过往的商旅、贩夫走卒、政客侠士、革命者、逃亡者都聚集在这里。这些人里面，以汉族、回族最多。马保子就动起了脑筋："如何才能招呼这里的回汉居民都来吃我做的饭呢？"

　　起先，他试着做"羊肉拉条子面"，发现并不适合大众口味，为什么呢？因为羊肉有浓郁的膻味，相当一部分人不喜欢吃。而拉条子做起来比较慢，根本满足不了高峰期的需求，面种也过于单调，小孩老人都不太适宜。

　　但眼前的困难并没有难住这个善于思考的年轻人，在不断地尝试之后，他决定在汤汁上弃"羊"用"牛"，以牛肉牛骨熬成的汤作为拉面的主汤料；而在面的形式上，选用了已经存在百年之久的拉制面条。没想到这一改，却改出了一副大动静来，成就了一个百余年久盛不衰的著名品牌。

　　我们可以猜想，1915 年的某个早晨（大约是冬天），当年轻的马保子为食客端上一碗"一清（汤）二白（白萝卜）三红（辣子）四绿（香菜、蒜苗）五黄（面条）"的牛肉面时，不论回、汉，吃过的人纷纷朝他竖起了大拇指，大呼过瘾！一时间，他的面馆门庭若市，食客排起了长队。一碗热乎乎的牛肉面到手，有些人甚至顾不得体面，撩开汗衫马褂，蹲在餐馆门口就呼哧呼哧开吃了……

　　时至今日，这种盛大的吃面场景，每天都在兰州的大街小巷里重复上演着。

作为甘肃人，我也是兰州"牛大碗"的忠实粉丝之一。

1995年9月，我背着一卷行李，从静宁乡下赶到兰州七里河区一个名叫龚家湾的地方求学。

学校的门口就有家牛肉面馆，面积不大，大概二十几平米的样子，门口挂着牛肉面馆特有的白绿相间的幌子旗，头一回进去，买了票，拉面的回民小师傅问："要啥的？"我一时间有些发蒙，看旁边的人说：来一碗"细的"，就学着人家说："细的吧！"不到两分钟，一碗热气腾腾的牛肉面就从窗口递了出来，自己放了油泼辣子，认认真真地吃，面筋道，汤有味，三下五除二，不到五分钟，一碗面就让我干掉了，连汤也几乎喝完。

回到宿舍，和同学聊起来，才知道兰州牛大碗除了细的，还有大宽、二宽、韭叶子、三细、二细、毛细、荞麦棱子等许多品种。看来我真是孤陋寡闻呢！

此后再去那家店里，就坦然多了，几乎将各个品种都要着吃了个遍。那时候我一个月的生活费只有100块钱，看着色泽诱人的茶叶蛋和大块的腱子肉，舍不得兜里的生活费，只有在周末的时候，才会在要面的同时，来一个"肉蛋双飞"。偶尔有外校的同学来串门，请不起好吃的，但作为东道主，一碗加蛋的牛肉面总是要请人家的。大二的时候，我们一些在兰州高校的静宁学生自发组织了一支足球队，每个周末轮流到各个学校训练、踢球，活动结束后，组织者再招呼大家到附近最好的牛肉面馆吃上一碗，然后才心满意足地"作鸟兽散"。

那两年时间，从城关到七里河，从安宁到西固，大大小小的牛肉面馆里，几乎都出现过我们的身影。

在我游走于兰州的大街小巷，为自己的青春寻找出口的时候，发生了一件与牛肉面有关的事。1996年的夏天，这个南北两山挟裹的峡谷城市，燠热而烦闷。人们的情绪也似乎有些躁动。在一年一度的"兰交会"*前夕，一个姓顾的先生在《南方周末》上发表了一篇题为《兰州人的穿戴》的文章，其中有一段话大意是说，兰州人早餐是牛肉面，午餐也是牛肉面，晚餐还是牛肉面，其中的嘲讽意味很是明显。这篇文章引起了兰州人的愤怒，觉得顾先生是故意在兰交会之前抹黑兰州的城市形象，《兰州晚报》上还开辟了专门的版面讨论此事。很多市民都义愤填膺，拿起笔讨伐那位姓顾的先生。

我当时青春年少，还不懂得为什么这么多兰州人生气，后来在牛肉面馆吃面的时候，才悟出了个中缘由。

每天的清晨六点半左右，数以千计的牛肉面馆同时开门营业，黄河两岸的大街小巷里，到处飘荡着牛肉面诱人的香味。这么多的面馆，几乎家家爆满。有些名气特别大的，更是排起了长队，人挨人，碗挤碗，有些人从取饭口端到了面，但是没地儿吃，看谁快吃完了，就将面碗放在这位的桌子边上，站在

---

* 又名兰洽会。

一旁等。座中的这位，看人家站在一旁，有些不好意思，赶紧加快进度，哧溜哧溜，三两下干完，赶紧起身腾板凳……有些食客，端着碗四下环顾，看到实在没地方落座，就干脆出得门来，蹲在面馆的台阶上端着吃。

这哪里是吃面，分明是打仗的架势嘛！

老兰州人，尤其是头一晚上喝了大酒的人，第二天的早餐肯定是牛大碗，一碗面到手之后，他并不急着下箸，而是先滴入少量老醋，用筷子将上面的蒜苗、芫荽、油泼辣子搅匀，然后就着糖蒜等小菜，慢条斯理地吃完，到最后，加入适量醋，再喝汤。问其缘由，答曰：如果一开始就倒入大量的醋，醋味会盖住面的香味，面吃完后加醋喝汤，才酸爽过瘾，出汗解酒！

这是遇到真正吃面的行家了。

看似简单的一碗牛肉面，不仅丰富了兰州人的餐桌，受到了几百万人的追捧，更成为这个城市回、汉和谐发展的标志，成为这个城市日常纹理中不可或缺的部分。就连牛肉面的每一次提价，都牵扯着兰州人的神经：店主自己提价是不行的，需要政府组织各方代表召开听证会。只有知道了这些，你才能知道这碗面在兰州人心目中有着怎样的地位，也就能理解当年何以有那么多的兰州人因顾先生的文章而发怒了。

兰州是一座极具包容气质的城市，这从牛肉面上也能得到体现。且不说牛肉面的汤料，除了都用新鲜的牛骨牛肉熬成之外，还集聚了二三十种香料的精华，本身就是复合香型的代表之作。单就面的形制来说，也是照顾着不同性格的食客。不同的面，不同的口感，显示他们不同的身份与性格。有一段时间，我曾认真观察过各种食客和他们碗中的面。大致来说，青年女子比较喜欢毛细，因为它绵软精致；青年男子则比较喜欢二细和韭叶，粗犷筋道；老年人喜欢细的，还会特意嘱咐捞面师傅多煮一会儿，这样有益于消化；荞麦棱子和大宽，则是少数性格豪放之士的不二之选，比较大气磅礴。要观察一个人是什么性格，你可以从他吃的面上，揣摩出个八九不离十。

但也有例外。譬如某个青春年少的姑娘，会要一碗大宽，而某个身壮如牛的汉子，会要一碗毛细，一根一根挑着吃，他们，是多数中的少数。一碗面，无意中透露了他们内心里某种鲜为人知的气息。

毕业之后，我离开兰州回到小城谋生。二十年过去了，时至今日，牛肉面仍旧是我早餐吃食的首选。甚至，我对牛大碗的喜欢和依赖，达到了近乎偏执的程度。每次出差到外地，都要打上出租车寻一家相对正宗的牛肉面馆。2018年初，在海南三亚，前一天晚上喝多了，第二天一睁眼，第一反应就是赶紧找一碗牛肉面。三亚的出租车师傅热情，载着我跑了半个小时，终于找到了一家"中国兰州牛肉面"的馆子。进去一看，大喜，是兰州人开的，一碗面十八块钱，算上来回的车费，快四十了，这在小城里几乎够我吃一周了，但当那熟悉的汤面下肚的时候，内心涌现的满足与惬意，又岂是那区区四十块能衡量的！

我居住的小城里，也有加盟的牛肉面馆，汤料的调和都是由兰州总店供应，但和兰州本土的牛肉面比起来，总感觉缺了一点，是什么呢？有人说是水色的差异，我却是真正说不清了。

每次去兰州，就算是宾馆里有早餐，我还是会独自去附近熟悉的牛肉面馆。当我混杂在那些公务员、游客、学生、出租车司机等各色人中，吃上一碗正宗牛肉面的时候，我才觉得我和这个城市还存在着某种扯不断、理还乱的联系。

这，近乎某种古老的恩情。

白菜的命运

友人李安乐，静宁80后才俊，潜心学术，尤擅长油画白菜。其作品于写实中结合抽象之意，趣味盎然，生动鲜活，颇接地气，在小城很受追捧，索画者甚众，就连他供职学校的门卫，都以求安乐一幅白菜画为荣。几年前，他曾赠我一幅，我装框后挂于餐厅，每日回家就餐之际，抬头望一眼那白菜，顿觉神清气爽，口齿生香，似乎眼前的平常饭食，也因它的存在而平添了几分滋味。

以白菜入画，也是中国文人画的传统，白石老人以白菜画换真白菜而不得的故事广为流传。河南诗人、作家冯杰也擅长画白菜，我曾收藏有他的《清白世家》一幅。一棵墨汁勾勒的青绿白菜，两枚涫染的红柿，寥寥几笔，意境非凡，加上他饶有趣味的题跋，我是时时欣赏把玩，爱不释手。

说起来，白菜乃是国人餐桌上最常见的菜肴之一。国人何时栽培白菜，已无从考察，周朝以迄汉晋，只有包括各种十字花科蔬菜的"葑"及"菘"两个同义字，没有关于白菜的明确记

载。中国文化发源于黄河流域，古籍较多反映北方情况，可能当时北方没有真正的白菜。宋之后，白菜才传入北方。宋人苏颂《图经本草》载："扬州一种菘，叶圆而大……啖之无滓，绝胜他土者，此所谓白菘也。"可见，当时南方的白菜栽培已相当发达。

我的老家静宁，历史上十年九旱，是甘肃自然条件最差的地方之一，但白菜在这里却生长得厚道老实，丝毫没有嫌穷爱富的意思。三伏天拔了瓜蔓之后，乡人就在瓜垄上三三五五点下种子，一场阵雨过后，芽苗就破土而出。待到秋日，地气转凉，万物快要凋敝的时节，白菜却是迎着秋阳疯长，欢实可爱。嗖嗖嗖，待到白霜将落之际，已然长得白白净净，瓷实如垂髫小儿一般。

白菜是蔬菜中低调奢华的谦谦君子，上得了皇家宴席，也入得了百姓厨房。在我的老家，以前由于条件所限，白菜收割之后，多是用大缸腌了，冬天慢慢吃，有一少部分，会和洋芋一起，放进土窖里，以便保鲜，随取随吃。

这些吃法之中，我最喜欢的，是腌白菜。

常常是农历十月初，天气已经很冷了，择一个暖和的下午，主妇们将家里的粗瓷大缸刷洗干净，烧一大锅开水，将择净的白菜用刀破成四瓣，放进开水里焯一下，用筷子迅速捞出来，再置入冷水中使之变凉，之后挤干水分，在缸底铺上一层，然后撒上一层花椒和盐……如此往复，直到把缸装得满满当当，甚至高出缸口许多来，最后，用干净的青石块压住。乡人腌白菜不叫腌，叫"压"。腌菜的那几日，妇人们见了彼此会问：你家的菜"压"了没有？入缸的白菜被石头压了一晚上之后，就塌下去了许多，这时候还要烧上一盆花椒水，待水变凉之后，从缸口倒入。约莫半月之后，白菜在时间和花椒、盐的作用下，蜕变成了酸爽可口的模样。

这种腌制之法，对温度要求比较严苛，必须在零度以下。南方是做不出来的，即便是冬天，南方气温也要高于北方，腌菜不久就会变酸，乃至于坏掉。朝鲜族的腌白菜是极其有名的，做法和我们这里差不多，只不过加了切碎的辣椒揉在白菜里面，使之更具有酸辣刺激的风味。因为小时候的味觉记忆，我一直对腌白菜情有独钟。在小城生活的这十多年来，每年我都要亲手腌制一缸，家里有暖气，怕坏掉，就将菜缸放在楼道的通风处，嘴馋了就卷起袖子捞一棵上来。只是我在腌制时除了放花椒和盐之外，还加一些生姜片儿，这样腌出来的白菜，味道更加醇厚绵长。

腌白菜可以凉拌，可以炝炒，是极好的下饭菜，也可以当零食吃。上初中的时候，半夜看书困了饿了，便溜到厨房里摸一棵带着冰碴的腌白菜，一条一条撕着吃了，困顿全无，觉得那是天下最美味的零食。在某个时期，玉米面糁饭拌腌白菜是乡人冬天的主要饭食。冬日里，来了故友围着火炉小酌，腌白菜还是必不可少的下酒菜。进入腊月之后，乡村里猪叫的声音此起彼伏，年猪杀了之后，腌白菜也隆重登场，不管是日常的炒肉片还是农家暖锅等大餐之中，都能见到它的身影，白菜吸收了肉汁的鲜香，变得丰腴起来，大肉则因为白菜有效化解了肥腻而更受食客待见，它们两个，嘿，简直是绝配！

至于鲜白菜，我最喜欢的，还是醋熘。据说旧时北京人吃白菜，不吃菜叶、菜帮，专吃白菜中间长出的嫩芽。李时珍《本草纲目》载："燕京圃人又以马粪入窖壅培，不见风日，长出苗叶皆嫩黄色，脆美无滓，谓之黄芽菜，豪贵以为嘉品，盖亦仿韭黄之法也。"虽说食不厌精，脍不厌细，但我觉得这种吃法误会和亏待了白菜，简直有些暴殄天物的意思了。晚年的年羹尧位高权重，飞扬跋扈，尤爱吃白菜心，电视剧《雍正王朝》里大厨为他剥白菜心的那一幕，给我留下了深刻印象，遍地的白菜帮子，真的是糟蹋了这清白之物。

白菜大肉馅的饺子、包子，也是很多北方人钟情的日常美食。

即便是上得了厅堂，入得了厨房，清白处世，家家户户都离不开白菜，但白菜的声誉似乎一直不怎么好，形容物价低廉，往往说"白菜价"；埋汰一个没有什么价值的人，总要加上一句"你这老菜帮子"。也时常见一些商家，在吧台上摆一棵大白菜工艺品，取谐音"百财"之意，希望日进斗金，四季发财，也是给这平凡之物平添了许多负担。我的家乡还有一句俗话："一棵白菜让猪拱了"，比喻一个好姑娘嫁了个不怎么样的男子。

不过，白菜所受的委屈，还是有人看见的。齐白石老人曾画过一幅《白菜辣椒》，一株白菜站立，两只辣椒斜卧，彼此成呼应之势。我最喜欢的是题款："牡丹为花之王，荔枝为果之先，独不论白菜为菜之王，何也?"

　　但白菜是不说话的，我们无法揣测它内心的真实想法。一年又一年，它只是在大地上郁郁葱葱，繁衍生息，在生长中修行，在被收割中顿悟。

糈子颗儿

一日，和在宁夏大学教书的表妹聊起小时候吃过的食物来，她忽然问我："哥，你还记得以前吃过的糈子颗吗？"我一时间有些恍惚，不知道这种食物是不是现在还存在着，反正，我是很长时间没有见到了。但那种形状和味道，却是深深地刻在心底里的。

二十余年前，我在静宁上高中，县城离家要七十公里的距离。那时候交通还不甚发达，坐上一天一趟的老式驼铃班车，晃悠上四五个小时，还要步行二十余里山路才能到家。我们住校，自己用煤油炉做饭。每年开学季，父亲就和村里另外几个家长，将我们半学期的用度用架子车送到班车上带到县城。因为家境困顿，零花钱也少得可怜，所以轻易就不敢想着回家，将有限的生活费缠在车轱辘上。每一学期，基本就在中期试考完回去一趟。

回不了家，午餐和晚餐自己可以做着吃，但早餐就成了问题。

红尘两榼酒

己亥王利

那时正是长身体的时候，每天除了正常的上课，我还喜欢上了足球。每天课外活动时都要踢出一头热汗方才罢休。运动量大了，挨饿就是经常的事情。常言讲得好：父母的心在儿女上，儿女的心在石头上。当父母的，自然知道我的窘境，为了能给我增加营养，少挨饿，就做了粸子颗和炒面来当干粮。

常常是早操上罢之后，匆匆提了热水壶，打上开水拎回宿舍，开了小木箱的锁，小心翼翼地从布袋里抓上一把粸子颗，就着开水胡乱吃几口，就该动身去教室了。

那时暗自猜想：这炒粸子的发明者，一定是如我一般家境困顿而又常年在外之人。

我曾目睹母亲做粸子颗的过程。在白面中倒入少量谷子面，加一点大油、盐，再打几个鸡蛋，用水和了，将面团擀到一厘米左右的厚度，然后用刀切成指头肚大的小块，放到锅里，用文火反复炒，直到面块发干，呈焦黄状，就是完全熟了。取一粒放到嘴里，香甜酥脆，很是好吃。这样做出来的粸子颗，因为里面没水分，耐放，一般十天半个月都不会乏味变馊，味道如初。但是时间太久的话，因为加了大油，就会有陈油味。表妹说，有次她去我家玩，我妈正在给我做粸子颗，准备往县城捎，顺手给她抓了一把，那个香啊，如今想起来，似乎还唇齿留香呢！

高中三年的早餐，基本就是靠粸子颗和炒面对付过来的。

但有一段时间还是出了一点意外。上世纪九十年代初，学校里的风气不大好，那时还没有“校园欺凌”这个词，但常常会有住校生的东西莫名其妙地丢失，家里捎来鸡蛋啊什么的会被别人吃掉，一些学习好的同学，经常会在晚自习的时候被陌生人叫出去打得鼻青眼肿。很多乡村里来的同学，即便是知道了是谁干的，也自觉惹不起，见了也是绕着走，忍气吞声了事。

高三下半学期的时候，有天中午我回到宿舍，发现自己装东西的木箱被撬了，父亲刚捎来的满满一小袋子炒粿子已经所剩无几，地上还撒着一些。据消息灵通的同学说，是几个家在县城里的初三学生干的。我又气又急，但毫无办法，也不敢给家里人说，怕父母因此操心。那一个多月，早操结束后我就不好回宿舍，直接去教室读书。我知道那会儿同宿舍的同学们都在吃早餐，我怕我受不了肠胃的抗议。

高中毕业之后，我就再没有吃到过粿子颗儿。那时条件有所好转，早餐不用再啃干馍了。

如今，我的孩子也在我以前就读过的学校上高中。每天早晨五点多，妻子就起来给他们做早餐，鸡蛋、牛奶、豆浆、杂粮面糊、热馍……变着花样吃，小家伙们有时候一副爱吃不爱吃的样子，我笑他们："要不要让你妈妈也做一些粿子颗儿当早餐。"谁知他们倒是一副无赖的样子："好啊好啊，我们还没吃过呢！"

写这篇文字的时候，我查了一下资料，原来炒粿子并非吾乡独有的事物，它的历史居然有五千年之久！传说古时候舜携娥皇、女英二位妃子畅游历山，在炒粿凹留下一种食品，其色黄焦脆，爆香可口，滋味绵长。后来百姓得以传承，因其在炒粿凹制作而成，故名炒粿。

炒粿子别名土豆子，在山西垣曲县是家喻户晓的特产。这个食物的来源，也印证了我前文的猜测，在那个驴驮马背的年代，出门的人离家千里万里，路上的干粮一般都带炒粿子。不过垣曲的炒粿子是加了观音土的，据说那些远行的商旅如果胃部不适，嚼几粒粿子颗儿，马上就舒服多了。如此说来，这小东西，居然是治疗思乡病和水土不服的良药，真是神奇得紧。

老人曾传话说，我家是从山西大槐树下搬来的，如此说来，能吃上炒粿子，也就不足为怪了吧！

炒拨拉

但凡来过甘肃的人，大都知道张掖。这个丝绸之路上的重镇，不但是甘肃的粮仓，更以亚洲最大的室内泥塑卧佛，世所罕见的明代手书金经、丹霞地貌而闻名于世。

但若是提到山丹，估计知道的人不会很多。

其实，山丹也是有来历的地方。抛开它的历史文化遗存不说，单说这里的大马营草原，它横跨甘、青两省，地势平坦，得益于祁连雪山的滋养，水草丰茂，是马匹繁衍、生长的理想场所。公元前121年，西汉骠骑将军霍去病在这里设立马场，之后，这里就一直是皇家的牧马之地。直到解放后，山丹军马场仍旧稳居亚洲最大、世界第二的军马场的位置。

戊戌年十月下旬，和朋友们去马场晃悠。在马背上颠簸了三小时，回到县城的时候，已经是晚上了。一干人又冷又饿，去寻食儿。当地的朋友有些自豪地推荐他们的名吃：炒拨拉。并信誓旦旦地称："你们出了山丹，绝对吃不上正宗的炒拨拉！"十年前我曾来过一回山丹，喝过马场产的青稞酒，吃过这里的手抓羊肉，但炒拨拉这个名儿，还真是头一回听说。我是一直对新鲜事物怀有好奇心的人，便欣欣然前往。

一干人七拐八弯，到了县城小吃街。逼仄的巷道两边，一溜儿全是各色小吃，夜晚的空气中弥漫着浓郁的烟火气息，这让我有点兴奋。我瞭*了一下，卖炒拨拉的不下四五家。朋友是这里的常客，和老板娘打过招呼之后，就径直进了熟悉的门店。

落座。老板娘倒了杏皮茶，点了一下人数之后，就开始麻利地准备食材。

喝杏皮茶的当儿，我瞅了一下，地下一溜儿排着三个小火炉，炉子旁有手摇鼓风机，炉上各置一直径一米左右的铸铁鏊子。铸铁鏊子表层乌黑发亮，应是食材常年浸渍的缘故吧。

炒拨拉的主要食材其实是羊杂，诸如心、肺、肠、肝、腰花、肚子等，先将原料洗净、切好，再佐以皮牙子、大蒜、青红椒、葱段、辣椒粉、孜然等辅料，置于铁鏊子的周围。

看老板娘做炒拨拉其实是一个很享受的过程。

待原料备齐之后，一干人都拿了小板凳围着小炉子坐了，老板娘也坐下来。老板娘将一坨大油置于铁鏊子中间，大油遇热，瞬间融化。但见她左手拉动鼓风机，右手开始用锅铲有条不紊地来回拨拉边缘上的食材。火苗霎时间呼呼地蹿将起来，有几秒钟，整个铁鏊子上都被熊熊的火苗完全覆盖。高温将食材迅速变熟的同时，也最大限度地保留了食材的鲜味。

---

* 方言，漫不经心地看。

青香梢頭
才似豆侫嘗
日之上高枝
鄉賢貿趙宗禮
詩之也
己亥四月
平創

在老板娘拨拉食材的当儿，我问她为什么要用大油。答曰：大油和羊杂碎在一起，能产生一种奇妙的味道，用植物油或者羊油，就没有这个味儿啦！且羊油有一股子膻腥味，一般人很难习惯。那老板娘，极似隐匿民间的武林高手，与我的交谈并没有影响她手上的动作，信手翻转之间，一道令人击掌叫绝的美食已然诞生。

约莫四五分钟的工夫，浓浓的香味已经弥漫了整个小店。老板娘看我们人多，又在铁鏊子上加了一些切成长约一寸、宽约一指的白饼，继续摇动鼓风机，来回拨拉了两分钟，就招呼我们开吃。

这就好了？

我有些狐疑地看着山丹的朋友们。她们催促我赶紧动筷子，我便赶紧夹了一块送进嘴里，好家伙，果然名不虚传！辣椒和皮牙子让羊肉有了一股清香，混合着麻辣之味，肥而不腻，麻中带甜。一帮人七手八脚，霎时间吃得热火朝天。有人吆喝着要上酒，说是炒拨拉加上扎啤，乃是世间绝配。我因为持续几日大醉，不敢恋战，在他们咋呼的同时，抓紧时间低头猛吃。

作为西北人，我是极喜欢这种吃饭场景的。大家随意围着炉火坐下来，你一筷子，他一筷子，烟火缭绕间，似乎人的内心也打开了，人与人之间的距离也在迅速缩短。在宋之前的很多时间里，国人一直奉行的是分餐制，分餐制体现的是长幼尊卑的思想，南唐著名的《韩熙载夜宴图》中就清晰地记载了这种场景，韩熙载和其他四名朝廷官员在一起听着小曲儿宴饮。

韩熙载与其中三个坐一桌，另一个坐小桌，由此推断这几人的身份地位是有区别的。比起分餐制，我更喜欢合餐制，这种更具市井味的方式，体现了平等、分享的理念。新疆的大盘鸡、川人的火锅、我老家的暖锅，都和炒拨拉一样，有着这种团圆和谐的意味。

说起来，炒拨拉在山丹出名，大概与军马场有着莫大的干系。山丹军马场是为国家做出过巨大贡献的地方，随着时代的变迁，军马已经彻底退出了历史的舞台，很多牧马人也都改了行当，他们的后代，也大都迁居城市，不愿再回这里。但羊群、牛群、驴群仍旧在这片草原上游荡，吃草，繁衍生息。只要马场上的羊群还在，炒拨拉就会一直存在下去，并会一直撩拨着我们的肠胃和眼睛。

饭罢，和朋友聊起炒拨拉的来历。说是山丹扼着河西走廊的咽喉，以前是兵家必争之地。大概是元代，蒙古和西夏军队作战，蒙古马战死之后，马肉都让当官的吃了，剩下的内脏分给了士兵，士兵们就地取材，用盾牌烧了食用。到后来，当地的牧民就用牛羊的内脏作为主要原料，加以改良，终于成就了今天的炒拨拉。

不曾想，当初蒙古士兵的无奈之举，倒成就了今天丝路之上一种让人念念不忘的美食。

其实，和炒拨拉一样，世间诸事，大都是阴差阳错的结果。

羊毛套子酸拌汤

看到这个题目，朋友们也许会哑然失笑：羊毛套子是美食吗？即使是食物，一看这名儿，就先倒了胃口！

但是诸位且慢，国人对食物的命名，有时夸赞，有时贬低，若非亲口尝过，万不可望文生义，犯了主观臆断的毛病。比如那翡翠白玉汤，也不过是白菜煮豆腐罢了，而那"猛龙过江"，其实是一碗清水里放了一根大葱……已故著名小品演员赵丽蓉和巩汉林最为叫座的作品《打工奇遇》，说的就是这个理儿。

一个地方的美食，大多与此地的民风物产息息相关，是有性格的，就如南方人喜食甜食甘怡，北方人则重酸辣刺激。吾乡地处西北黄土高原地带，物产贫乏，十年九旱，能在此地生根发芽养活人的作物，不过数种。羊毛套子的主料还是老家最常见的洋芋和荞麦面粉，是穷人家的美食。

做羊毛套子，先要取个大面饱的洋芋三五个，仔细洗干净、去皮，在金属擦板上擦，在来回搓擦之中，洋芋变成了白色糊状物，里面的淀粉得到了有效的释放。擦好之后的洋芋糊，盛在盆子里，放入少量的清水，再取适量的荞麦面粉撒在里面，边撒边用筷子搅动，面粉不能撒得太多，也不能太少，稀稠的把握，全靠主妇的经验。有些勤快的主妇，还会在里面放入少量葱花。和好的洋芋糊，用勺子挖起，倒在烧热的平底锅里，均匀摊平，烙熟，老家人叫摊馍馍或者摊饼。一盆和好的洋芋糊，能摊上厚厚一叠饼。

饼子摊好后，备好葱花、蒜瓣、胡麻油，加新鲜的大肉片，爆出香味后，将之前烙好的摊饼用刀切成方块或者菱形块，倒入锅内一起炒，肉的滋润和淀粉的甘醇在热气升腾之间，完美地结合在一起，让人闻香止步。吃一口，柔韧筋道，口齿生香。

因为羊毛套子是干菜，还要配上酸拌汤，才过瘾。

拌汤做起来比较容易，和点小麦面，在案板上搓好，用菜刀剁成小颗，水开后下锅，然后调上炝好的浆水，撒上葱花，就是解渴的好汤。一碗羊毛套子下肚，再喝上两碗酸爽的浆水拌汤，打一个饱嗝，那个舒坦，大有天子呼来不上船的气势。老家有俗语云："世上有五美，公羊打角、牛喝水、天快亮的瞌睡、新媳妇的嘴、羊毛套子酸拌汤。"从这俗语上，你或许能猜度出这羊毛套子酸拌汤有多爽。

今年夏天，我陪四川来的几个诗人朋友在兰州城关区的大众巷吃饭。大众巷是兰州有名的美食一条街，窄窄的街道两边，一溜儿全是陇上美食。在一个小饭馆的菜单上，赫然列着：兰州破棉袄。惊讶之余叫来老板打听，原来这道菜正是我们老家的羊毛套子。我曾问父亲，为什么叫羊毛套子呢？父亲说，这菜炒出来之后，乱蓬蓬的，也不知是哪个先人就给起了这么个名字。我估计，起这名的人，大概是羊倌之类的人物，没识过字，信手拈来，但形神兼备。这个菜名，也是西北人只求实际、不讲浮华性格的体现。

父亲还给我讲过一个故事：在那个缺衣少食的年月，一般人家做了好吃的，都要端一碗给左邻右舍的老人孩子。村里有两户人家，是本家亲房，一穷一富。穷的一家没年猪，富的一家杀年猪的那天，穷的一家知道他们是要做羊毛套子的，心想是本家，肯定会端一些来，连晚饭也没做，在家里等。等到掌灯时分，还不见本家端来，就想，肯定是在招呼帮忙杀年猪的人呢。一家人饥肠辘辘地闻着羊毛套子的香味在整个村庄上空飘荡，一直等到快上门闩睡觉的时候，本家还没端来。穷的这一家仍然没死心，还抱着希望，大门没闩，油灯也没灭，直等到凌晨，不但没吃上本家亲房的羊毛套子，还搭上了一盏灯油。

这绝非杜撰，是真实发生过的事。这些乡村美食里面，不仅有乡人的性格，更有人世的冷暖。

街巷之眼

古城平凉，有许多有意思的小巷子，上县巷、下县巷、船舱街、柳树街……这些带有浓郁地方风味的名字，曾经深深地吸引着我不厌其烦地穿行其中。

我在这些街巷里游走的时候，是2008年的春天，因为工作牵扯，我一个人来平凉上班，家人都在百里开外的静宁。下班之后，无所事事，就去这些巷子里晃悠，试图通过蛛丝马迹，窥见这里人们真实的生活。有一个时期，我甚至萌发了写一本《平凉词典》的冲动，但后来时过境迁，终究是没有完成。

我最常去的一条巷子叫石家巷。从我寓居的地方出来，拐个弯儿，向左走，再向左走，就是石家巷了。不到200米长的小巷子，外面就是车水马龙的大街，但石家巷却是安静祥和之所。从南往北，依次是烟酒商店、杂货铺、白水饸饹面馆、同家羊肉泡馍馆、干洗店……巷子的尽头是一家邮政储蓄所，我经常怀揣为数不多的稿费单，去那里汇兑。邮政储蓄所里有一个姑娘，二十多岁的年纪，接过稿费单很迅速地搞定，递给我身份证和钱币的时候，还会微微一笑，让人心生温暖。

喜欢石家巷的另一个缘由，是因为那里满足过我的口腹之欲。

供职的单位里有灶，早餐、午餐都还可以，荤素搭配，还有一道汤，尤其是大家在的时候，就更丰盛一些。但是晚餐就有些不尽如人意了，因为吃的人少，几乎顿顿都是机器臊子面，吃三两次还可以，时间一长，胃就开始抗拒，一到晚上下班的点儿，便开始发愁到哪去寻食儿。

有次无意中走到石家巷的白水饸饹面馆跟前，正在迟疑张望间，透过门帘看到里面坐满了食客：下班的职员，刚刚放学的小学生，出租车司机……各色人等，依照我浅薄的经验，但凡人多的地方，味道应该不会差，便果断走了进去。店面不大，前面是六七张小桌，后面是操作间，只见一男一女在里面忙活。面馆虽然拥挤，倒也干净整洁。便坐下来，要了一碗荤汤臊子饸饹。一会儿工夫，面就到了跟前，白净光亮的面条之上，是红艳诱人的油泼辣子和肉臊，感觉很不错的样子。我尝了一口汤，酸中带辣，又似乎有着老汤的韵味，不错不错，遂甩开膀子就着新蒜开吃，一碗饭吃罢，额头上居然有了细密的汗珠，很是过瘾。

后来我就成了那里的常客。去的次数多了，老板娘也认识了我，给我端来的面，里面的肉臊似乎比其他人多一些，让人从内心生发出一丝对这个城市的温暖来。有次和她闲聊，问她的小面馆生意这么好，有什么诀窍。老板娘有些难为情地说，平凉城里开饸饹面馆的多，来吃的都是回头客，和面、揉面、压面，都是她和丈夫手工做的，包括汤汁里面的醋和胡麻油，是她从白水老家带来的，真材实料。

"老食客的嘴尖着呢，如果糊弄一次，下次就再不来了！"倒也是掏心窝子的实话。

出了白水饸饹面馆，隔一个杂货店，就是同家羊肉泡馍店。一碗羊肉泡十几块钱，平时，我是舍不得吃的，只是偶尔去打一下牙祭。

但后来我的观念发生了变化，成了同家羊肉泡馍店的常客。

2008年5月12日，下午刚刚上班，地动山摇般的感觉忽然袭来，等我和同事仓皇逃到街上，只见大街上到处是慌乱的人群，有些甚至还穿着睡衣……那几天，因为好多人不敢在房子里待，石家巷的许多店铺都关了门，唯独那家羊肉泡馍店一直正常营业，这对我这般到处寻食儿的人，真是一个强大的安慰。想着生命那么脆弱，就不要亏待自己了，每天来一碗羊肉泡，也不算奢侈吧！

说起羊肉泡馍来，西北许多地方都有，尤其是西安人以此为荣，但我却不大喜欢，西安羊肉泡用的都是发面饼子，碎在汤中容易绵糊。俗话说得好：十里不同风，百里不同俗。比起发面泡馍来，我更喜欢死面饼子羊肉泡，这，可能与小时候的饮食习惯有关。

我相信人的胃是有记忆的。我十岁左右的时候，家里还很困难，有一年快过春节的时候，县上的秦剧团来我们乡上演出，乡政府叫父亲去帮灶杀羊，报酬就是羊头——他们嫌羊头做起来麻烦，而且肉不多。但对于我们家里说，那羊头可是难得一见的美味，我记得那天父亲担回两大笼子的羊头，然后仔细地去毛、烧好，用盐腌了，挂起来，每隔几天，父亲就会和母亲给我们做一顿羊肉泡。父亲收拾羊头的时候，母亲就用温水和面，在锅里摊死面饼子，这种饼子只有两三毫米厚，碎在羊肉汤之中，不易糊，而且很有嚼劲，甚至有肉的味道。

因了这段往事，当我走进同家羊肉泡馍馆的时候，简直像是找到了儿时的感觉。不过他们做得要精致得多，而且种类也多，有肥的、肥中带瘦的、纯瘦的，还有带肝子和肺子的，你可以根据自己的口味和偏好点肉，馍则是长七八寸、宽二寸许、厚约一指的死面饼子。刚出锅的羊肉泡，怕烫手，被老板娘用一个特制的铁环端到桌子上，还配有糖蒜、葱花、芫荽和辣子酱四样小菜。羊肉泡讲究热吃，你得迅速将馍掰成小疙瘩，碎进汤里，然后再根据自己的口味撒上葱花和芫荽，调上油泼辣子，甚至还可以适量加一点醋。这样的一碗羊肉泡，汤清、肉烂，馍柔，红、白、绿相间，又没有一丝膻味，还等什么呢，赶紧就着蒜头开吃吧，也顾不上吃相的好歹了。

三年之后，因为诸多原因，我还是离开了平凉。但那些巷子里的记忆，却一直深深地刻在内心深处，我甚至写过一首名为《石家巷》的小诗。现在，每次去平凉出差，公事之余，还是会一个人到那些巷子里去晃悠。2018年秋天去平凉，我甚至还专门去了趟石家巷口的那家邮政储蓄所，我发现那个记忆中微笑的姑娘已经不在了。当我带着落寞的心情穿行在石家巷的时候，发现饸饹面馆和羊肉泡馍馆还在，偶尔得空的时候，还可以去那两个店里吃上一回。

也许，这才是我和这个城市最真实而温暖的联系。

早晚一罐茶

在乡下小住的时候，每个清晨，我尚在睡梦之中，就听到堂屋里的父母起床开门的声音，紧接着，就传来板斧劈柴的声响。等我起来，父母已经在堂屋的屋檐下喝茶了，一叠自家烙制的饼子，放在炉子旁边，火苗在红泥火炉上欢快地跳跃着，陶砂茶罐里，嘟嘟冒着热气……

砂罐里的茶不一会儿就沸腾了，父亲小心翼翼地倒进一个白瓷茶盅里，母亲随后将自己的茶罐放到炉子上面去……父亲掰上一块饼子，仰头，"吱"的一声，一口茶就下去了，仿佛喝的不是茶，是人间至美的甘露和琼浆。

早茶喝罢，天光已是大亮了。父母收拾农具，下地，开始一天的农活。

陇东乡下，喝罐罐茶的习俗由来已久。茶既是解渴饮料，也是人情和冷暖。你若是去乡间走亲戚、串门，即使你有天大的事儿，一进门，主人也会先问你：熬一罐子？你还没有作答，主人顷刻之间就拢好了火，端来了点心、馒头等"茶垫子"，茶罐架好之后，再说事。若是关系好的，主人会从箱底拿出亲戚或者晚辈送的好茶，这是平日里自己舍不得喝的，来了好朋友，当然要拿出来分享，一半是炫耀，一半是款待。邻里之间，若是平日里有个七灾八难，受了别人的恩惠，逢年过节的时候，也是要提一二斤茶叶，去感谢一下人家的。提的大多是春尖、砖茶之类的下等茶，但有着深厚的情义在里面。提茶的人诚心实意，受茶的人心安理得，一斤半斤最普通不过的茶，连起来的，是乡人之间朴素真实的感情。

茶里有故事。小时候经常见一个叫福义的老头子来我家看爷爷，按辈分，我该叫他二爸。他那时候大概60多岁的年纪，慈眉善眼，腿有些不利索，拄着一个拐棍。他来我家的日子，也是我的节日——不仅能吃到好吃的，还能听到许多好故事。我最喜欢给他吹火熬茶，灰尘和湿柴火燃烧的烟雾经常弄得我眼泪巴巴的，但我仍然乐此不疲。二爸盘腿坐在堂屋的土炕上，等我熬好茶之后，他昂起头，"吱溜"一声，小瓷盅里的茶就没了！再美美地吸一口烟锅里的老旱烟，花白的胡须抖动着，一些故事就从胡须之间源源不断地冒出来："江流儿"的父母怎么在路上遇到贼人的陷害，怎么流落到寺院；武松在景阳冈上怎么打老虎……那时我才五六岁，惊异于他的肚子里怎么有那么多迷人的故事，仿佛说上三天三夜都说不完。后来读书了，才知道老人讲的是《西游记》和《水浒传》，在不识文断字的乡人中间，是以口口相传的形式流传。现在想起来，这些故事都算是我的文学启蒙，充盈着传奇和隐约浩荡的江湖气息，这种气

烟熏火
燎罐之
茶己亥
正月窗
平利

息让我懵懂，又无限地向往和喜欢。前年回乡下，问起老人的状况，想带一斤茶叶去看他，谁知父亲说，福义老人过世好些年了，想起来不免怅然。

茶里有甘苦。陇东乡间苦瘠，农活忙的时候，乡人都是披星戴月，两头摸黑。繁重的劳作之余，最常见的调节方式就是熬一罐茶。早茶是当早点来吃的，而午茶或者下午茶，则是为了在喝茶的当儿歇缓一下。常常是刚从西山上回来，就火急火燎地喝一罐茶。一罐茶，也就不到半个小时的工夫，再匆匆地赶往东山上忙活计。乡人喝罐罐茶，一般是不放糖的，极苦，是那种让人肠胃战栗的苦。乡人把喝茶叫"熬"茶，一个"熬"字，五味杂陈。就在这不断煎熬之中，光阴和日子也有了起色。去年春天，好友叶梓从杭州寄来一些碧螺春，明前茶，汤汁清亮可人，入口甘甜醇厚。我给父亲带了一罐回去，后来回家，发现茶叶还好端端地放在柜子里，问他为什么不喝，答："你那叫什么好茶，太淡了，没劲！"对父母亲这一代人来说，已经习惯了苦茶，通常意义上的好茶，他们喝不起，也不对口味。

中国的茶文化源远流长，博大精深，茶道辐射到了韩国、日本等地。这些"神奇的中国树叶"，给世界一种让人迷恋和感慨的味道。但我翻遍茶圣陆羽的著述和清人陆廷灿所辑的《续茶经》，均未见点滴关于罐罐茶的记载。数百年来，喝罐罐茶作为陇东乡人一种日常不可或缺的生活方式，默然存在，大概也将一直持续下去。

前段时间去邻近的庄浪县，不经意间看到车站的附近，至今还有卖罐罐茶的：一老汉，一火炉，一茶罐。小小的茶摊旁边，聚集着许多人，煞是热闹。那些喝茶的人，有些是从乡间来赶集的，有些是出远门走亲戚回来的，彼此大概都不甚熟识，却像是多年的老交识似的，悠然地喝着茶，聊着各自的见闻和趣事，像是一帧古老的民俗画……那一瞬间，我的内心忽然就有了一种久违的温暖——

　　而他们的身后，是起伏连绵、沟壑纵横，苍天一般的黄土高原。

涎水面

烟筒眼，冒冒烟。牛耕桄[*]，种夏田。

夏田黄，担上场。连枷打，簸箕扬，一扬扬了七八装。

磨子咯载[**]，细箩细筛。擀杖上案，铁刀走马。

下到锅里连勺转，捞到碗里一条线。

亲戚吃，本家看，夸她婶婶的好长面。

……

  这是小时候母亲唱给我的一首儿歌，说的是老家种小麦、做面条的事。

  南人喜米，北人好面。山西的刀削面，陕西的裤带面，山西岐山臊子面，甘肃兰州牛肉面、揪面片等等，都是享誉中外的美食。而我的老家陇东一带，面条更是每日必做的食物。

  众多的面条之中，我对涎水面情有独钟。

---

*   桄，犁的别称，方言。

**   咯载，方言，象声词。

人生長壽

己亥正月寫吾鄉

美食平利

一碗麵

《论语·乡党》里说"食不厌精，脍不厌细"，涎水面算是吾乡比较精细的面食了。做涎水面，以冬小麦面粉最佳。将新磨的面粉用温水和好，和的面不能太软，也不能太硬，软了做出的面不筋道，太硬的话，擀起来就费事。面和好之后，要揉面。揉面不仅是个力气活，还需要耐心：在反复地揉搓之中，面粉里的黏性得到最大程度的释放，面团变得光滑坚韧。之后，就开始擀面。会擀的主妇，会将一坨揉好的面擀得大如盖、薄如纸、柔如筋；不会擀面的人，力道使唤不均匀，擀出的面，中间薄得快烂了，边缘还有一指厚。

在老家，擀面的技术是衡量一个女人饭食水准好坏的重要标准之一。新媳妇过门的第二天，就要亲自下厨擀一顿长面，端给家人吃，叫"试刀"。婆婆的品评尤为重要，面端上之后，媳妇都要看婆婆的脸色。有些婆婆，故意吃得慢，把新媳妇看得胆战心惊，唯恐婆婆不满意自己的手艺，日后为难自己。

我曾在甘肃华亭，见过两个女人一起擀面的盛大场景：一个特制的长约两米的案板上，两个女人同时握住一根擀面杖，节奏一致，啪啪有声，配合默契，须臾之间，一大坨面团就变成了薄厚均匀的面片，摊在案板上。这样的场景，看着都是一种享受，更甭说吃了。生活在底层的人，从这日常的劳作之中，生发出寻乐的法子，村人结婚闹洞房有个节目就叫"擀面"。

擀好的面，在案板上摊好，晾着。晾面的当儿，主妇们就开始准备臊子和汤料。臊子一般用豆腐、胡萝卜、洋芋、大肉、黄花菜剁成丁儿，加了葱、姜、蒜、盐和其他调料下锅爆炒而成。这种臊子，老家人有个很有意思的称呼："饭面子"，个中意思，不言自明。汤汁一般是用陈醋或者自家腌制的浆水炝熟、加洋芋淀粉勾芡而成。

等这些准备停当之后，就可以边烧水边切面了。切面最能体现一个主妇的刀工。要先将面折叠好，右手握了菜刀，左手掌按住面片，一刀挨着一刀走，这样切出的面，细如丝、长若线，宽窄匀称，也没有断条。切好的面，等水沸后下锅，捞出，浇上汤汁，再调上臊子和油泼辣椒，就可以上桌开吃。吃完一碗，主家会端了你的碗重新捞面，酸咸你可以根据自己的口味重新调，但是碗里的汤汁基本不换，这也是"涎水面"的来历。

乡人把涎水面叫"长"面。每逢重大节日，或者是有重要客人来，都是要吃长面的。家人过生日，也要吃长面，寓意长寿；正月初一要吃长面，寓意新的一年日子可以细水长流、幸福美满；谁家婚丧嫁娶，喝了酒，吃完菜还不算，必须再吃一顿长面，这宴席才算坐完。吃面的时候，不用装斯文，因为汤汁酸辣，面条爽口滑溜，一般人都会吃出一派美味的响声，所以也叫"哨子"面。谁家待客，若是客人吃得哧溜有声，主人才会高兴，觉得客人吃畅快了；若是你端着一碗面条，默不作声地吃，主人就会心下忐忑，以为自己的饭食不好，客人没吃好。对那些吃饭不出声或吃得慢的人，乡人会这样埋汰他：这哪是在吃饭，是在绣花呢！正如俗谚所云："睡觉要扎个死势，干活要扎个泼势，吃饭要扎个饿势。"

我是吃面条长大的，吃了快四十年了，还是乐此不疲，不曾厌倦。吃得最好的时候，创了一顿吃完十碗手工浆水面的辉煌纪录。有年我和一帮文朋诗友去成纪古城，在乡下农家吃浆水面，诗人马青山吃了七碗之后，还想吃，抬头看到写小说的张存学在一边看着他坏笑，只好放了碗。甘肃灵台的手工面"一口香"是出了名的，有宽面、细面、韭叶、干面、蔬菜面好几种，可达十二碗之多。不过你千万别被这十二碗给吓住了，碗里除了汤汁，面条也就一筷子头的分量。

一个人的身体、精神可以背叛故乡，但胃不会。尤其是陪伴你成长的、留在味蕾里的那些记忆，都不会随着时间和空间的转换而变淡，相反，会愈来愈强烈。去年我曾在京城滞留两月，菜吃腻了，有一日喝酒前，想吃面，饭馆服务员端上来一盆开水煮挂面，松蓬蓬，软塌塌，里面只放了几片油菜叶子，但总算聊胜于无，情急之下，我自创了一套法子：将桌子上其他菜的汁儿用小勺舀了一些，调在面里，又向服务员要了醋和大蒜，居然也吃得有滋有味。后来新疆的同学毕亮发现鲁院对面的一家面馆，是青海的撒拉族人开的，有拉条子，味道还不错，于是我和他每周都要去几次，聊以安慰一下孤独的胃。

北京归来后，在天水下了火车，我直奔一家手工臊子面馆，足足吃了三大碗，才算是解了两月积攒的馋。

洋芋菜

洋芋大概是国人餐桌上最常见的食物。北方人喊它洋芋，南方人叫它土豆，搞科研的人称它马铃薯，就像猫叫咪咪，其实都是一回事。不过可千万别小觑了这土头土脑的东西，它是上得了国宴，进得了百姓厨房的菜。在我的陇东老家，长久以来，小麦、玉米、洋芋算是主要的农作物。前者是主食，后二者，农民除了留足自己的日常用度之外，还要拉到集市上桌了，换取一些收入，洋芋是农民经济收入的主要来源之一。

吃洋芋，有文吃和武吃两种。

文吃洋芋，我最喜欢的还是川菜的做法。酸辣洋芋丝或者醋熘洋芋丝。一盘好的洋芋丝，最讲究的是刀工和火候。取一两个洋芋，仔细洗干净了，去皮，先切片，再切丝，刀工好的师傅，能切出两三毫米、细如头发的洋芋丝来，而且不会断。民间有许多切洋芋丝的好手，以前下乡的时候在静宁一个乡镇吃饭，曾亲眼看见一个姓李的师傅，闭着眼，全靠手上的感觉，刀剁案板响，当当当，不到一分钟的工夫，一个硕大的洋芋就成了整齐有序的洋芋丝。

切好的洋芋丝，要放到凉水里漂洗，一者去污，二者，是去淀粉，这样入锅炒的时候，就不会糊了。洋芋放入清水之后，需要准备蒜瓣、干辣椒、葱、姜、盐。油料以我们本地的胡麻油或者菜籽油最佳。等油入锅，快冒烟的时候，放入干辣椒，拨弄一下，等它出味之后，再放入葱、姜、盐和洋芋丝翻炒。翻炒时可适当加点水，火要相对猛一些，火若是太弱的话，容易炒糊。等洋芋丝七八成熟的时候，再滴一些香醋，撒上蒜瓣，一盘酸辣洋芋丝就可以出锅了。酸辣洋芋丝一般不放酱油，避免它染了洋芋清白的本色。

老家还有一种比较文的吃法，是洋芋叉叉。洋芋叉叉不能切丝，而是要用擦床擦成丝，尽量让洋芋溢出更多的淀粉来，也不用在清水里漂洗，在洋芋丝中撒少量小麦粉，用手搅拌一下，等油热了之后，直接入锅摊平，撒上葱花和盐，焙。要用文火，火若是太急的话，就会焦。等靠锅的一面焦黄之后，再翻到另一面，继续焙。焙好的叉叉，像饼子一样。用薄面饼卷了，佐以大葱，是极其过瘾的美食。像这样的吃法，还有洋芋糅糅，洋芋熘熘。

比起文吃来，老家最常见的，还是武吃。

武吃的做法比较多，有煮、炸、烤、烧等等。要么是整块的洋芋，要么是横竖两刀，画个十字。煮，保证了洋芋最初的味道，经过一番温度和水汽的洗礼之后，洋芋一般会裂开花，老家人都叫"笑"。刚出锅的洋芋，还烫手，在两手之间来回

吾乡苦寒玉米洋芋家宜卿人口福洋芋烤玉内黄外焦佐以新葱堪为人间美味辛卯

47

掂着，趁温度还没有降下去，沿着笑开的地方，迅速将皮剥了，涂上韭菜或者小葱做的酱，一口咬下去，呼哧呼哧，口腔有些烫得受不了，但是极其过瘾。烤洋芋和煮洋芋差不多，但烤洋芋是多了一份焦香，更醇了一些。

武吃里面，最喜欢的，还是冬天的烧洋芋。

我小时候身体弱，哥哥姐姐都帮着父亲干重农活，放羊的任务就落到了我头上。我也喜欢放羊。最喜欢的是秋天和冬天的周末，跟村里的人和在一起放。这里面一个重要的原因，是可以在放羊的时候吃上好东西。秋天可以在野地里烧豆角和玉米，冬天则可以烧洋芋。

其实到冬天的时候，地里的洋芋基本都收完了，该入窖的入窖，该做粉条的都变成了白花花的粉条。拿去换钱的，早已被洋芋贩子贩到天南海北去了。但是洋芋是长在土里面的，即使是活干得最细致的庄稼人，也总不能一一挖了回去，总有一些漏网之"芋"潜伏在冬天挖过的洋芋地里。西北的冬天冷，一般都在零下好几度。洋芋在土壤里，也就是三四厘米的深度，入九之后，就基本冻死了。造化是很神奇的，这些冻死的洋芋，若是找出来，做菜，是不能吃的，但若是烧了吃，那可真是人间美味。

怎么找洋芋呢？我们这些放羊娃虽不是千里眼，但办法还是有的，人找不到，羊能找到。把羊群赶到那些收获过的洋芋地里，我们就站在羊群中间看，若是哪只羊低头在地里刨，肯定是下面有洋芋。这时候放羊人的注意力一定要集中，眼要尖，手要快，等羊基本刨出来的时候，赶紧把羊驱赶开去，捡了。若是时机把握不好，这些漏网之"芋"就成了羊的美食。

等捡上几个后，就可以烧洋芋了。野外的柴火是现成的，要么拨拉一些野草和树枝，要么直接取用主人还没有拉回家、已经风干了的洋芋蔓。将洋芋置于蔓底下，点了火，一干人围着火，嘻嘻哈哈，取暖。等火势小下去之后，十几分钟的工夫，从热灰里扒拉出洋芋来，凑在嘴跟前，噗噗吹了上面的灰，咬一口，不仅甜，而且柔韧、筋道，天啦，在那个缺衣少食的年代，居然能吃出肉的味道！

除了这些家常的吃法，西北人还把洋芋和羊肉一起炖了吃，也是难得的美味。洋芋切成三厘米左右的方块，用热油过了，紧皮，然后入锅和羊肉一起炖，洋芋可以吸收一些肉的膻味和油腻，但又不烂、不糊，入口即化。新疆的大盘鸡里面，洋芋更是必不可少的辅料。

据说洋芋这个原产美洲大陆的食物，是16世纪辗转欧洲进入中国的。大概连原产地的人都不会想到，它在中国西北角会有如此广泛的种植和丰富的吃法。距我一百多公里的甘肃定西，是联合国教科文组织认定不适合人类居住的地方，但那里的洋芋个大面饱，不仅仅养活了定西人，也通过火车运到了四面八方，登上了南方人的餐桌，出现在肯德基店里，成为人们日常舌尖上的最爱。

碗坨儿

说的是黍。

黍是北方最古老的植物之一。《礼记·月令》和《说文》中对它的形状和品性都有记载。而最让现代人记忆犹新的，莫过于唐代大诗人孟浩然《过故人庄》中对它诗意的记述："故人具鸡黍，邀我至田家。绿树村边合，青山郭外斜……"

在那些流逝的岁月中，黍曾经养活了这片土地上许许多多的生命。

但在我的老家李家山，它不叫黍，叫糜子。

二十世纪八十年代中后期，老家的情况已经变好，温饱基本解决，但小麦面（我们叫白面）仍然不是谁想吃就能吃的。乡人的饭食，平日里大多还是以杂面为主。玉米、高粱、莜麦、土豆、谷子面都是日常的主角，当然，也少不了糜子面。但糜子面不能用来做面，只能用来做馍吃。

糜子馍最常见也最好吃的做法是碗坨儿。

我小时得过腰椎结核，体弱，父母怜惜我，怕干农活会累坏了身子，兄妹四人当中，分派给我的只有一件活：放羊。从小学一直到高中，每年寒暑假，我和那些羊儿几乎跑遍了老家的沟沟峁峁。夏季放羊的时候，要赶早。一般六点多出门，找一个青草茂盛的去处，让它们使劲吃。十点多，气温开始急剧变高，羊怕热，开始攒堆儿，就该是回圈的时候了！

回得家来，羊是饱了，我的肚皮却是饿得咕咕响。遂扔了羊鞭，赶紧溜进厨房，有时候手也顾不上洗，火急火燎地掀开苫在竹篓上的布，抓上半个糜面碗坨，掰成小疙瘩，放在碗里，再冲上凉白开，用筷子迅速捣碎，呼噜呼噜，不到两分钟，连吃带喝，来个碗底朝天。

那时候，常见小脚的奶奶倚着房门看我的狼狈吃相，奶奶笑着说："你这娃，肯定是饿死鬼转世的，像几辈子没见过五谷一般！"我放了碗，边抹嘴皮边讪笑着回答："奶，是你老人家烫的碗坨儿太好吃呢！"

糜子面碗坨，我们也喊它米黄馍馍，其最重要的秘密，就在这个"烫"字上。

父母那时候经常带着哥哥姐姐下地，做饭的重任就落在了奶奶肩上。这个在岁月里经受了磨难的小脚老人，在厨房里却有着让人惊叹的手艺。

一般是午饭过后，她就在大锅里烧一些开水，然后取了糜面置于盆中，糜面是早先磨好的，但是只能用粗磨，不能磨太细。待水烧开后，她就用勺子舀了，边往盆里浇洒，边用筷子迅速搅动——水不能太多，但要保证烫到糜面。九十几度的开水遇到糜面，化学作用使糜面中的糖分得到最大程度的释放。如果水温不够，或者烫面的过程拖沓，就成了"死"面，即便是蒸出来，也不好吃。

面烫好之后，要揉一会儿，让它保持相应的硬度，然后用餐布苫了，奶奶说这个步骤是"醒"面。

"醒"面的时间在半小时左右，待到面团爆裂出一些小口，就说明面已经"醒"好了，遂倒入事先预备好的流质酵母，再用筷子在盆中迅速搅动，让酵母和面得到充分的接触。在酵母的催化下，糜面会冒出一嘟嘟的气泡，这时节就可以分别盛在碗里，下锅蒸了。那时候的晚餐都是就地取材，在锅底放一些玉米、洋芋啥的，柴火填足了大火烧开。四十分钟后，一锅香喷喷的糜面碗坨和煮洋芋、玉米就做好了。父母他们从地里回来时，月亮已经悬在半空，一家人围着炕桌吃晚餐，艰辛的日子，便也有了几分温暖的气息来。

但即便是这样好吃的食物，在我的内心，也是又爱又恨。大约是1989年，父亲和哥哥相继患病，他们是家里的主要劳力，治病刻不容缓。家里那时候还没有种苹果树，地上出产的东西，能换钱的只有小麦和党参，叔父和我拉了去十公里之外的集市上换了钱，给父兄治病。家里留了不多的小麦面，只是供爷爷奶奶和大家逢年过节吃，记忆中，那一年基本就是靠糜面碗坨儿度过来的。

我那时候在老家上初中，正是长身体的时候，月月糜面碗坨，顿顿碗坨糜面，即便是最香甜可口的食物，天天吃，也难免会心生厌倦。记得每次课间吃干粮的时候，我都会发愁。偶尔会遇到家庭条件比较好的同学，他说我奶奶烫的糜面碗坨好吃，会拿了自家的白面馍来换，我倒也乐意顺水推舟，借此来饱一下口福。

如今，奶奶已经作古很多年。我居住的小区对面，医院门口经常有妇人推着小车在吆喝"米黄馍馍，香甜的米黄馍馍……"那喊叫声，似乎是一种撕扯，总能勾起我内心一些封存已久的东西。

但我一直没有买过米黄馍馍，我怕一口咬下去，会吃出一脸的泪水来。

灶膛里的吃食

老家的柴火灶膛，是我最惦记的地方之一。

西北乡下，除了冬天会拉一些煤炭取暖之外，为经济实用计，做饭、填炕大都就地取材，用玉米、小麦、黄豆等植物的秸秆、小树枝等等，我们叫穰柴。烧穰柴有两个好处：一是物尽其用，不浪费；二是做完饭之后的灰烬，还可以烧东西吃。

这回要说的，就是灶膛里曾经吃过的东西。

洋芋是灶膛里的常客，只要你愿意，一年四季都可以吃，但最适宜的还是从农历七、八月到过年这段时间。洋芋刚挖出来，水分比较多，适合烧着吃。整洋芋洗去泥巴之后，丢在灶膛的灰烬里，埋好，过上一个小时左右，用火棍拨拉出来，放在地上轻轻甩打几下，吹掉上面的灰，讲究的，会耐心剥了皮，不讲究的，皮也不剥就直接开吃。

那时候的李家山，彩色电视很罕见，黑白电视也仅有三两台。晚饭后，听着村子有电视的人家《西游记》的前奏音乐响起来，像我等小娃，心里就像猫在抓一般，顾不上饭还没吃完，丢下碗就往外跑……父母在身后端着半碗剩饭边喊边追的时候，人已经跑没影儿了。等到两集电视剧看完，摸黑回得家来，肚子已经咕咕叫，悄悄开了厨房的门去摸东西吃。母亲白天干活累，已经睡下了，听见我在找吃的，就喊："馋嘴猫，吃的在灶膛里！"那时节也顾不得用火棍往出拨拉了，直接伸手刨出已经烧好的洋芋，往嘴里塞。在烤串还没有流行的时代，灶膛里的烧洋芋就是最好的宵夜。

春节过后，天气变暖，窖里的洋芋开始出芽，就不好吃了。

夏天灶膛里能烧的，似乎只有七八成熟的麦穗。麦子是比较金贵的食物，烧了吃，会遭父亲的责骂，觉得是在糟蹋粮食，所以不敢大张旗鼓，只能偷偷摸摸进行。一般是下午放学的时候，看看四下没人，就在路边上找一块长势较好的麦地，迅速揪一把穗子长、颗粒饱满的麦穗，带一点麦秆最好。将麦穗在脖子处扎紧，放在书包里，然后大摇大摆地回家去。瞅着家人吃完饭，母亲洗锅的当儿，放进灶膛里烧。母亲脾气好，疼我，即便是看见了，也只是笑笑，并不加以责罚或者给父亲说。

烧好的麦穗，用手掌搓出麦粒儿来，吹去上面的麦衣，焦黄的麦子颗儿，嚼起来，有一种近乎神奇的香甜。后来听父亲闲聊，三年困难时期，他们饿得不行，也都这样烧了青麦吃。长大后，才知道烧青麦还是一味中药，名曰"浮小麦"。元人罗天益《卫生宝鉴》中记载："右以浮小麦，不以多少，文武火炒令焦，为细末，每服二钱，米饮汤调下，频服为佳。"清人吴世昌《奇方类编》中则说："浮小麦加童便炒为末，砂糖煎水调服"，可治疗血淋。

秋天能烧的东西就比较多了，刚刚成熟的玉米棒、青皮核桃都是灶膛里的常物。

玉米棒要把外面的粗皮剥掉，只留最里面的一层细皮，在尾部用一个细铁棍插了，伸到灰烬里。这样烧出的玉米，除去了多余的水分，焦香可口，很有嚼头，还不黏牙；核桃则是从树上打下来之后，直接埋进灶膛里。心急火燎的小娃娃，不等完全熟透，就把核桃从灰烬里扒出来，稍微用劲压一下，皮就破了，白嫩的核桃仁冒着热气，入口香而不腻，那滋味儿，和晒干了的核桃不可同日而语。现在，我的老家全种上了苹果树，据说烧苹果的味道也相当不错，但我从来没有尝试过，那么红润鲜嫩的苹果，放到灶膛里烧了吃，简直是暴殄天物。

灶膛里的吃食当中，最让我难忘的，也是平时难得一见的，是烧麻雀和烧"火棒"。

烧麻雀一般是在冬天。寒冬腊月，室外滴水成冰，一夜之间，老天忽然就给村庄里捂上厚厚一层雪。正是农闲季节，父亲一般在捻麻线，母亲则在给我们做过年的新鞋。雪太厚了，孩子也无处可去，就在院子中间扫出一小块空地来，用长绳子绑了半截木棒支起筛子，筛子中间放一些谷物杂粮。然后将门窗半掩着，手中拽着绳子的一头，等着麻雀们来自投罗网。麻雀们知道那分明是个陷阱，但无处可寻食饵，便派胆大的做了先锋，去筛子边上试探。这时候你不能心急，让它自顾自地吃，屋檐上的、电线上的其他麻雀看到地下的那一只安然无事，就会陆陆续续都飞下来抢食，有些麻痹大意的，自然就进了筛子底下。说时迟那时快，正在它们吃得欢快的当儿，躲在门窗后面的我们赶紧拉绳子，麻雀骤然飞起，慌乱中总有几只会身陷囹圄。

罩住的麻雀，用糊状的泥全身抹了，放进灶膛里烧。不一会，肉味就在屋子里蔓延开来，这时候父亲就放下手中的活计，将泥皮弄开来，麻雀的毛都粘在了干泥巴上。再取出它的内脏，然后开吃。麻雀多的话，大家都能分一点，如果仅仅一两只，就是家里最小的男孩吃，其他人只能眼巴巴看着，闻着香味将口水硬生生咽回去。麻雀肉虽不多，但极香。

烧"火棒"则是有讲究的。

那时候农村缺医少药，一般是谁家的娃娃不安生（生病）了，除了讲点迷信之外，大人就会烧"火棒"给孩子吃。在放了酵母的小麦面粉中，加入胡麻油和鸡蛋，反复擂，擂到硬度差不多的时候，就滚成棒，胳膊肘般粗细长短，然后就直接埋在灶火里焖熟，吹去上面的灰尘，吃；有些手巧的人家还会用小麦白面做成面娃娃，像不倒翁，脖子里系上红线，埋在灶火火籽里，焖熟。小孩吃后，据说病就好了。小时候，村里老人常这样做，据说是祖辈传下来的。这样做出来的烧"火棒"，外焦里酥，完全将面粉的香味激发了出来，一口下去，口舌生津，回味无穷。依现在的眼光来看，应该是烤炉没有发明之前的土法面包吧！在我身边，许多人的童年都曾被它独特的香味所俘虏，本来活蹦乱跳的，但喜欢装病，为的就是吃一回"火棒"。

后来去新疆，曾见过维吾尔族人烤馕，其实馕和烧"火棒"异曲同工，只不过他们更专业一些，将小小的灶膛换成了专门的馕坑。

这些灶膛里的吃食，有几样我也是很多年没有吃过了。每次带孩子们回乡下，我都怂恿他们各样都试一试，潜意识里，我大概希望他们能通过这些细节，时时记起遥远的李家山。

鱼儿钻沙

但凡在陇东一带生活过的人，都知道"疙瘩拌汤"这种风味美食。其实它还有个比较文雅的名字——"鱼儿钻沙"。

每每开春之后，地气回暖，草木生芽。韭菜和小菠菜最先伸出嫩绿的叶芽儿，这时候，吃了一冬的糁饭、面条就要退居二线了，一些解暑清凉的食物随之出现在日常的餐桌上，疙瘩拌汤就是其中之一。而这种美食，尤以莜豆面的为佳。

说起来，奶奶是做这种美食的好手。

记忆中最为深刻的，是上初中那段时间。父母亲和哥哥姐姐常在地里忙活，奶奶在家做饭。而奶奶总能不负众望，即便是在那缺吃少穿的日子里，她也总能变着花样，给我们做出可口的吃食来。

鱼儿钻沙就是她最拿手的吃食之一。

常常刚到了晌午，奶奶就开始准备午饭。她先在铁锅旁摆放好莜豆面、半碗凉水。之后就抓上一把小米，倒入锅中，之后，撒上一把莜豆面，喷洒少许凉水，然后用手掌朝同一方向来回搓。奶奶说，小米作为坯子，能起到凝结成核的作用，以前的人还用麦麸皮做核呢！

搓上一会，待莜豆面都紧紧地包裹在小米之上后，她就再洒水、撒面，再用手掌搓拌……奶奶是小脚，我家的灶台比较高，奶奶个子小，要把手伸到锅底里去，怕够不着，就在脚下垫着一个小凳子。她搓拌汤的时候，凳子左右晃动，小脚在凳子上颤颤巍巍，我担心她摔下来，于是自告奋勇想试试。奶奶经不住我的再三央求，让了位置给我，但我终究是没有经验的，毫无章法地搓了几下，小豆豆都纠缠在一起了，奶奶拍着我的头顶说："你还是等会儿帮我烧火吧，这样急慌慌的，不是干这个的料！"

我只好讪讪地从凳子上下来，看她继续搓。

奶奶边搓边说，拌汤是一门技术活，拌时不可性急，要循序渐进；手掌用力要均匀，不可用力过大，又不可用力过小。用力大了容易压成面饼，用力小了滚不成颗粒，就成了一盘散沙；洒水撒面不可多不可少，要恰到好处；搅拌中如果出现"爷爷""孙子"现象，就要进行分离。这里所说的"爷爷""孙子"，指的是拌汤颗粒大小不均匀，分离当然是把大一些的"爷爷"挑出来，小一些的"孙子"还可继续撒面搅拌搓揉。

如此反复几回之后，面粒从无到有，由小到大。待面粒大如绿豆时，改用小麦面粉，如是搅拌四五次，这样拌出来的成品，光滑浑圆，状如珍珠。乡人亦称它为"金银豆"。

豆子搓好之后，还得擀面。将擀好的面切成两头尖中间宽的形状，由于样子精巧可爱，似小鸟的舌头，乡人将这种形状的面称为"雀舌"。珍珠似的拌汤，小鱼、雀舌似的面片准备好了，接下来就将春天的头刀韭菜炒好，做饭面子用（面上放炒菜，一般是韭菜或者小芹菜，提味用，这样的组合叫饭面子）；再用油锅炝好浆水，盛入盆中待用。这时候的农家小院里，一股诱人的清香，直奔人的鼻孔而来。路过的人闻见，也会忍不住直咽口水，有些顽皮的，会在大门外，或者崖上高喊一声："掌柜的，能给一碗疙瘩拌汤不？"

一切准备停当，这时候，奶奶出了厨房看了一下天色，自言自语地说："下地干活的人该回来了吧？强娃子，赶紧烧火！"

待到铁锅里的水开始沸腾，父母亲和哥姐都陆续进门了。奶奶先下拌汤，待拌汤在锅里沸扬两三次、彻底熟了之后，再下入面片，沸扬起后，即倒入浆水调味（不爱吃浆水的也可调醋），撒些香菜、韭菜花，调入盐和油泼辣椒，一碗汤汁清亮、豆沙浑圆、面片如雀舌的疙瘩拌汤终于出锅了！

吃拌汤，也是个技术活。细嚼慢咽绝对不行的，需要大口刨食，这种吃法似乎更符合西北人豪爽的个性。有一年一个南方的诗人来静宁，想吃静宁的特色小吃，我陪他去了一家小店，要了疙瘩拌汤。结果我呼噜呼噜一碗吃完了，他的碗还满着，我问他是不是不习惯这个味道。谁知他满脸狐疑地问我："是不是要把这些小疙瘩一粒一粒嚼碎！"我哈哈大笑："你要这样吃，估计你一天也吃不上一碗！"

时至今日，浆水疙瘩拌汤仍然是许多静宁人喜欢的美食之一。穿行在静宁的大街小巷，在那些本地特色小面馆里，疙瘩拌汤都是招牌。也有妇女做了拌汤在街上叫卖的，我在小城里生活了二十年，"疙瘩拌汤、疙瘩拌汤"的叫卖声一直不绝于耳，充分说明它在乡人餐桌上的位置。

写这篇短文的时候，我想，疙瘩拌汤，其实是吾乡人在缺衣少食的年代里一种无奈的创造吧。即便是最普通的杂面，经过他们的双手创造转换，也具备了非凡的形式与气质。而这种当初看似无奈的创造，却符合了当下人健康绿色、多样性的饮食理念。这大概是疙瘩拌汤在吾乡长盛不衰的缘由吧！

荞面凉粉

凉粉是北方常见的特色小吃之一。2011年春天，在山西游完悬空寺后，中午和几个诗人朋友在浑源县城吃午饭，朋友说一定要尝一下这里的特色美食——浑源凉粉。我们去的是当地最有名的"小媳妇凉粉店"。浑源凉粉是土豆粉做的，加了浑源本地产的酥大豆，颇有些软硬兼修的意思。此外，比较有名的还有川北凉粉，是用豆粉做的，酸辣绵软，生津止渴。

但我最喜欢吃的，是老家陇东一带的荞面凉粉。

荞是一种古老的植物，曾经养育了我们的先民，《齐民要术》里就有关于荞的记载，但荞麦大面积的推广与种植，则是唐代以后，唐人所著的《四时纂要》和孙思邈《备急千金要方》里面，都有确切的记叙。荞麦味甘性凉，不仅仅是一种食物，更有降血压、开胃宽肠、下气消积的药用功效，用当下流行的话来说，荞麦是养生的好食品。

在我的老家，荞麦饭食的做法比较多，有荞面节节、荞面疙瘩、荞面搅团、荞面饸饹，以及荞面凉粉。

母亲说，荞面凉粉好吃，但是做起来着实是要费一番气力的。

先取干净饱满的荞麦，在石磨上磨成做荞粉用的荞面，我们不叫磨，叫"拉"。石磨不能用齿口太细的，要用粗口石磨，这样拉出来的荞面，果实和荞麦壳分离开来，呈颗粒状。拉好的荞面，顺着风用簸箕将荞麦皮簸出来，剩下的就是做荞粉用的颗粒状的面，我们叫"荞麦糁子"。

拉好荞麦糁子，才是做荞粉的第一步。接下来就是"醒"荞麦。将荞麦糁子放在清水之中，泡。泡的时候，可以用勺子舀去表层浮着的一层细碎的黑皮，那是荞麦皮的杂质。水不能太多，也不能太少，太多了会泡成面酱，影响后期的制作，太少了，糁子就会泡不醒。一般是吃完晚饭，选一个粗瓷盆泡上，睡一觉，等天明之后，人醒了，荞麦糁子也刚好泡醒了。然后就进入了做荞粉最费气力也最关键的环节：搓荞粉。

将泡醒的荞麦糁子置于案板之上，用手掌来回不停地搓，类似于揉面。用小擀面杖或者瓷碗亦可代替手掌。用力要匀称，得把握好节奏，这是个技术活。一只手搓，另一只手要将那些溅开来的糁子及时拢到一起，在不停地揉搓之中，荞麦糁子变得精细柔软，面粉里的筋也就慢慢出来了。这时候，就可以下锅煮。将搓好的荞麦糁子放入盛了清水的盆里，搅动一下，再用细细的筛子过一遍，将那些残留的杂质去掉，然后就将荞粉水放在锅里烧。水和荞麦糁子的比例，是要靠经验来掌握的。大火烧开之后，就得控制火候，用文火慢烧，火若是太急的话，荞粉就容易糊，而且熟不了。一边烧火，一边用擀面杖不停地在锅里搅动，荞粉在锅里嘟嘟冒着气泡，面筋因为加热，迅速团在一起。熟好的荞粉要趁热用勺挖出来，倒入盆、大碗等一些器物，再将装有荞粉的碗和盆置于凉水之中，等它们降温成型。

荞粉挖完之后，还有一层粘在锅底的，要用锅铲铲出来。不懂的人，会以为这是废弃之物，而行家都知道，这叫"荞粉呱呱"，是最好吃的，不仅有荞粉的筋道，更有锅巴的焦香。

在等待荞粉变凉的时刻，母亲也不会闲着，她开始利索地准备各种辅料和汤料。辅料一般是蒜泥、葱花和姜末，蒜泥捣好之后，搁在一边。葱花和姜末要放在热油中炒一下，出锅，盛在碗里。汤料一般是醋或者浆水。取一些葱花置于热油中爆了之后，倒入醋或者浆水，加盐，炝了之后，烧开。

这时候盆里的荞粉已经变凉了。将器物翻过去，使劲一拍，荞粉坨就颤颤悠悠地落在了案板之上。你可以根据自己的喜好，用蘸了水的刀切成条或者片，也可以用专制的布满斜状小孔的金属拉板，拉成粉条。切好的荞粉和呱呱可以和在一起，放到碗里，再盛上醋汤或者浆水汤，调上炝好的葱花、蒜泥，热油泼好的红辣椒，一碗正宗的陇东荞粉就上桌了。

除了荞粉之外，还有荞粉鱼鱼，前期的做法和汤料的配置大致一样，只是中间有点差别。当荞麦糁子在锅里的时候，勿需搅得太稠，能挂住线的时候，用勺子舀了，倒进专用的漏勺里，用擀面杖在漏勺里搅，熟透的荞粉从漏勺里滴入凉水中，迅速降温，变成蝌蚪或者鱼儿一样的形状。再用小一点的漏勺捞出来，沥水，加入汤和葱花、油泼辣椒等佐料。鱼在碗底游，花在汤上飘，是极能激发人的食欲的。连汤带鱼，用细白瓷小勺舀起来，光滑爽口，还没来得及尝出味道，一碗鱼鱼已入肚了。

老家最有名的荞粉是秦安莲花的。莲花是秦安、静宁、庄浪三县的交界地带，距离闻名中外的大地湾博物馆也就不到半个小时的车程，是附近最大的乡村集市。每每到一三五七这些单日，附近的乡民们都从四面八方赶来跟集。男人们一般忙着买卖，而那些大姑娘小媳妇，大多则是奔着一碗荞粉而来。在十字一带，一圈儿都是卖荞粉的摊儿。在任意一个简陋的小板凳上坐了，摊主头也不抬，只问一下：要切的还是拉的？吃的这位则高声应了：切的。只见那摊主左手掌着一块粉嘟嘟颤悠悠的荞粉团儿，右手握了刀，也不用砧板，直接在手里切。在你为她的左手揪心的当儿，几刀飞快地下去，不多不少，刚好是一碗。板凳上的人，赶紧接过去，连荞粉上面的佐料还没有搅匀，就心急火燎地吃了开来。在莲花看乡人吃荞粉，实在是一种盛大的景象。老家有句俗语说：不吃荞粉了赶紧腾板凳。说的也是这个意思，好东西，不愁没人吃。

这些年在小城生活，市场里有现卖的豆粉，可以买来自己做了吃，省事不少，然而总觉得缺了一些什么。豆粉看起来白净可人，但是味道太寡，也没有荞粉的筋，二者不可同日而语。

甲午年秋天，我回李家山，转道莲花，朋友带我去当地最有名的"伏氏荞粉店"，我给父母买了几斤。老家现在都种了苹果，没地种荞麦了。再者，父母都已年届七十，没有力气做荞粉。晚上陪着父母在家里吃，两碗荞粉下肚，酸辣爽口，额头上沁出了一层细密的小汗珠，心里不免感叹：这荞粉，货真价实，是老家的味道，也是记忆中的味道。

馓 饭

冬日的清晨，男人起了床，瞅见院子里捂着白花花的一层，知道是下雪了。脸也顾不得洗，赶紧下了炕去，拿上铁锨、扫帚去扫雪。等他回来的时候，女人已经揭了锅盖，一团热气伴着浓郁的莜豆面香味，一下子就攫住了男人的喉咙。他忙不迭地洗了手、脸，上炕。女人端饭上桌，男人就着酸菜，呼哧呼哧吃了两碗，临了，用手掌擦一下嘴，眯了眼笑："娃他妈，今天这馓饭是咥美了！"

这是吾乡农家常见的景象。

馓饭是老家最常见的饭食，也是穷人的饭食。做馓饭可以用玉米面，也可以用莜豆面。做法比较简单。将洋芋剁成三四厘米的方块，放入清水中，水烧沸后，等洋芋快烂的时候，左手捏了面粉，往锅里均匀地撒，右手拿了擀面杖，一圈一圈地搅，直搅到锅里呈糊状，用擀面杖捞一下，能吊住线的时候，盖上锅盖，擦（焖）一会，馓饭就做成了。都说馓饭是懒媳妇的饭食，是有些道理的。

吃馓饭必须要配上自家腌制的酸菜。老家有句俗话说得好：打官司凭赖，吃馓饭凭菜。陇东一带的人，家家都有两口硕大的酸菜缸，一口是腌制过冬的大白菜的缸，另一口是腌制日常调饭用的浆水缸。白菜要捞出来，沥水之后焗炒了才好，而浆水缸里的酸菜，直接捞出来，连汤带菜，用盆盛了，调上油泼辣子和荏油，就可享用。这吃馓饭是有技巧的，用筷子将酸菜夹了，放在馓饭上，筷子头一掠，连菜带饭，送入口中，莜豆面特有的香味和酸菜、辣椒的酸辣味混合在一起，是很能让人开胃的搭配。会吃的人，一碗馓饭一分为二，先吃这一边，吃到中间，碗一颠，啪的一声，那半边会翻过来。临了，捧住碗，转着舔了，干干净净，不拖泥带水，几乎像没有盛过饭一样，不用洗。

小时候吃馓饭，我最喜欢去三娘家。三娘调的酸菜特别好吃，似乎是在泼辣椒的时候加了蒜瓣之类的东西，味道特别尖。我端了馓饭，去她家蹭菜，三娘也不怪我，给我把菜垒得满满当当，然后看我王朝马汉地吃，她在一边感叹："这娃儿怎么就把馓饭能吃这么香呢！"我还喜欢看村里的老人吃馓饭，那些老人都是从旧时代过来的，留着一把大胡子，有的长可盈尺。但他们吃起馓饭来，丝毫不比年轻人差，尤其是他们舔碗的技术，无比纯熟和高超：捧着碗，一圈儿过去，碗就变得干净如新。放碗的时候，胡须上不沾一丁点儿的面渣，很是神奇。

前几天和父亲聊天，说到吃饭的事。父亲说他吃过世界上最难吃的馓饭。那是1960年，能吃的东西都吃光了，肚子还是饿得咕咕响。没办法，奶奶让父亲打了些榆树皮，然后用刀子将第一层的黑色粗皮刮了，留下里面的一层，剁成小块，在锅里焙干，放在石磨上磨了，烧水做了馓饭来吃。父亲说，榆树皮馓饭像牛皮筋一样，难以下咽，在肚子里，死沉死沉的，不消化。就因为这样一顿难吃的馓饭，父亲还付出了惨重的代价：被村支书批为"现行反革命"，不仅和了泥将那棵榆树割掉皮的地方糊上，还被架了一回"土飞机"，直至彻底认罪才作罢！

在那个特殊的年月，吃过榆树皮馓饭的，不仅仅是我们一家。静宁、庄浪、通渭一带，三年困难时期，很多人都有比吃榆树皮更难以忘怀的经历。饥饿不仅让人失去了尊严，还失去了基本的人性和亲情。村里有一户人家，儿子和父亲分家之后，在饥饿难耐时，悄悄爬到了父母家的榆树上砍枝条做馓饭，结果被他的亲生母亲硬是拉扯了下来——怕有限的榆树枝条被儿子砍了之后，自己饿肚子。从此，几根榆树条，像一道不可逾越的高墙，横在这对母子之间，再难以亲近。

现在的陇东乡下，家家户户的酸菜缸都还在，馓饭、搅团这些杂食小吃，也是司空见惯的事物。每年春节回乡下，母亲知道我好这一口，隔三岔五总要做了来吃。有次吃完馓饭，我教儿子舔碗，儿子眼睛里满是不解和好奇。对这些孩子来说，他们或许永远无法理解我的做法，而我只想用行动告诉他，在每一粒粮食跟前，都需要时刻保持一颗谦卑敬畏之心。

偏　爱

　　话说民国年间，一外国人路过陇东重镇静宁时，饥饿困乏，遂寻入一农家求食。此家人并不富裕，就以家常便饭招呼了他。这洋人返家之后，念念不忘这顿饭食，便学着做了来尝，却怎么也做不出当初的滋味。

　　你猜那家人给他做的是什么稀奇饭食？却原来是当地农家最常见不过的搅团。

　　陇东地方多干旱，物产贫乏，吃食也就带有浓郁的地方特色。就拿搅团来说，有洋芋搅团、杂面搅团等等，但不论哪一种搅团，吃起来莫不使人痛快淋漓，惬意横生。

　　先说洋芋搅团。它的做法是很有讲究的：把洋芋用清水煮熟，剥去粗皮，晾在案上，待仅剩余温时，倒进特制的槽或者石臼之中，先用木槌慢慢地揉，到洋芋成糊状时，再举槌猛捣，直到洋芋变成一副荧荧放光、柔韧如胶的模样，洋芋搅团就基本成型了。杂面搅团和馓饭的做法基本一样，老家人叫"缠"搅团。不放洋芋块，清水烧沸之后，右手紧握擀面杖，左手撒面，边撒边搅，左右开弓，等锅内的面呈糊状，逐渐发硬之后，盖上锅盖煨熟，就可出锅。

搅团出锅才是第一步，味道好不好，还在于汤料的调制。调制汤料所用的食材，无非是一些家常的葱蒜之类。先捣一窝蒜泥备好，再剁一些葱花，然后将胡萝卜丝、洋芋丝、软儿（黑色，野生，软体菌类）焯熟，加醋炝成汤。用刀蘸上凉水，把搅团切成一寸见方的小块儿，盛到碗里，佐以香菜、葱花、蒜汁儿、油泼辣椒，这时候就可以开吃了。老家风俗，大年三十，家家户户都是要吃搅团的，寓意明年有足够的"盘缠"，不要缺钱花。一筷子搅团入口，那种温润、酸辣的感觉会瞬间征服你的肠胃。吃搅团快不得，也慢不得，要一下一下来。一碗搅团下肚，头上热气腾腾，腹内五脏通泰，那个舒坦！

我曾暗自揣度过，为什么老家的人喜欢搅团？一方面，是陇东民俗之中，搅团象征团圆、祥和之意。这里的人们在大年三十都有吃搅团的习俗。农村里有这样的说法："年三十打搅团，一年够搅缠"。意思是吃了搅团来年经济上会宽余起来。当一年终了，出门在外的人都平安归来，一家人盘腿坐在炕桌周围，每人手里端着个调好汤的碗，而搅团则盛在一个大盆子里，放在炕桌的中央。大家一人一筷子往自己的碗里夹，上至八十老者，下至三岁孩童，人人有份，你争我抢，浓浓的亲情渗透其间，活脱脱一幅天伦之乐图。

另一方面，可能与搅团的营养价值有关。如今，在陇东农村，人们的主食多为小麦，而做搅团大多用荞麦、莜麦等杂面，汤料中多用"地软"。据说荞麦含糖量低，能预防高血压和癌症；地软又叫地达菜，是雨后草地上自然生长的真菌，有很高的营养价值，加之几乎没有遭受工业污染，因而成了人们饭桌上的新宠，是真正意义上的绿色食品。

我一直偏爱搅团，记忆里最难忘的吃搅团的经历，是上初中的时候。有年暑假，我放羊归来，还没进家门，老远就闻到了搅团的香味——是奶奶用我放羊时拾的地达菜做的醋汤搅团，我闻着口水都流下来了，一口气吃了三碗。其实，现在也经常能吃到正宗的搅团。民俗学者王知三是我文学的启蒙老师之一，他的夫人做的搅团很是地道。过上十天半个月，王老师会打电话过来："娃娃，吃搅团来……"，吃搅团不过是个借口，给大家一个小聚的机会倒是真的。常常是一干人浩浩荡荡去王老师家，轰轰烈烈大吃一顿，然后天南海北地乱侃一通，说说近来读什么书，写什么字，最后散去。从1995年到现在，二十多年了，也不知蹭了王老师家多少顿搅团，想起来都是一件温暖的事。

关于搅团，有一则笑话在陇东地区流传甚广。说是某地有位领导，喜食搅团。一日，该领导下乡，A乡端上来的是洋芋搅团，领导大喜，放开肚皮，吃了个饱；到了B乡，甚会来事的乡长端上来的是荞面搅团，领导闻香止步，又吃了两碗；到了C乡，本来是不打算再吃了，可谁知道端上来的竟然是色香味俱佳的地软搅团，领导受不了它特有的香味引诱，于是又挣着吃了两碗——领导撑坏了，回去后闹起了胃病，但过后仍然对搅团照吃不误！这则传说可能有杜撰的成分，但也从一个侧面反映出搅团着实以它独特的味道，征服了所有尝过它的人。事实上，在我的陇东老家，搅团已经远远超过了吃食的概念，成了这片土地上人们团结、进取、求变的人文精神的象征。

去年4月里在北京，在疾驰的车上，瞥见一个饭馆前写着一个熟悉的名字：荞面搅团。这种陇东乡下最常见的面食，正以它独特的味道走进都市——去征服一张张吃惯了山珍海味的挑剔的嘴。我期待着更多的人能够邂逅它——就像开头的那个外国朋友一样，并时时想起我遥远的陇东。

吃　烟

　　陇东老家的人把抽烟不叫抽烟，叫吃烟。

　　茶余饭后，盘腿坐在自己的土炕边上，一只手下去，从烟匣子里摸上一把旱烟叶子，慢慢地往烟锅里撮。等揉瓷实了，方才凑在火盆或者灯盏跟前对火，既而仰面，悠悠间，呼出一口烟来，仿佛完成了一个神圣的仪式一般。

　　或者是在地间干活累了，上面的一个便到地埂边上，喊一声"岁娃"或者"狗蛋子他爸"，"上来吃烟来"。下面的那个应了声，随手撂下手里的活计。抓住冰草攀将上来，在地头蹴了。这个说，"你尝我的"，那个说，"你的太绵了，不过瘾。我自己种的烟叶子，劲可大着哩"。两人便各自从上衣口袋里掏出烟袋和纸来，卷了吃。边吃边唠叨起今年的雨水，庄稼的长势，抑或是村子的家长道短。这时候吃烟便是一种休息的方式，是一种交流的手段了。

　　这是乡间老农的正宗吃法。

　　在我幼年时期的印象里，吃烟是一等一的享受。就连看老

煙火味道神僊脾氣

己亥歲早春平利寫

人吃烟，也是很受用的事情。因了这个缘故，我对吃烟一直心怀向往。

小孩子是有着极强的模仿心理的。八岁那年，乘父亲不在，我卷了一根旱烟，躲在老屋的角落里，也学着父亲的样子吃，浓烈的烟味呛得我眼泪直流，根本没有尝到父亲他们吃烟的那种美好感觉。更要命的是由于不小心，火星掉在了衣服上，把衣服烧了一个洞，被父亲发现了。他没有像往常一样用巴掌来教训我，而是喊我过去，用旧报纸卷了一根比大拇指还粗的烟说："你爱吃，就把这根吃了！"我在父亲又是威严又是怂恿的眼神中接过烟，父亲为我点火，我吃。一根烟没有吃到一半，我就眼冒金花，晕晕乎乎，什么也不知道了。后来母亲告诉我，是她用浆水把我灌醒的——我吃烟吃醉了！从此我就连闻着旱烟味道都反胃，更甭说去吃了，我的第一次吃烟的尝试就这么悲壮地告一段落。

真正意义上的吃烟是从高三开始的。中学时期，由于喜欢写作，占用了大量时间，导致偏科，我两次尝到了落榜的滋味。第二次高考失利以后，感觉到羞于见母校的老师朋友，我就躲到一所乡下中学里复读。那个秋天，我在租来的简易民房里埋头啃那些令人又爱又憎的 X、Y、Z。陪伴我的，只有孤独和压抑。就在那时候，我发现吃烟是一种很有效的排遣寂寞的方式。看着指间的烟慢慢地变为灰烬，我似乎在冥冥中听到了时光在指间流逝的声音，内心瞬间会涌现时不我待的念头——赶紧丢了烟蒂，去瞅桌子上的课本。

　　参加工作以后，从事的职业也是与自己喜欢的文字密切相关的，吃烟就成了顺理成章的事情。我曾经戏称烟是我的第十一根手指。妻子是医院的护士，曾一度反对我吃烟，她拿出书本上所有关于吃烟有害健康的知识来劝我戒烟，甚至使出撒手锏——以拒绝和我接吻来威胁。但是后来发现烟已经渗入我的日常细节里，她也就不再坚持自己的想法了。每每在外面奔波累了，在书桌前坐下来，一杯茶，一根烟，一本书，成了我最大的享受。回家看望父母的时候，我总要带上几条烟给父亲。俗话说，多年父子成兄弟。吃过饭，给父亲发上一根，自己点上一根，面对面地坐下来，父亲说起村子里的新鲜事情，我给他讲工作上的事情或者外面的见闻，别有一番情趣了。

　　曾经听到过许许多多关于烟的故事，最美好的说法是烟是女人变的，你前世欠了某个女人的情，她今生就变成烟来，让你把她一直叼在嘴上。我喜欢这个说法，但是有时候想，那么女人吃的烟呢，是不是就是男人变的？这么想的时候，我就又点上一根烟，在手边的纸上随意地写下一些什么来。于是就有了你们看到的这篇有关烟的文字，或许，某个也喜欢吃烟的编辑会看上它，然后，我就准备用换来的稿费再买一些烟吃也未可知。

　　2017年7月，父亲因为直肠癌术后复发，永远离开了我们。现在每次回乡下，去他的墓园，我都要恭恭敬敬地给他点上一支黑兰州，放在坟前的香炉上，作揖，磕头，之后，我就盘腿坐下来，自己也点上一支，两支烟的淡蓝色烟雾在空中纠缠着，然后被风迅速吹散……

写于2004年，2019年4月补记

花色

看着星星点点的牛羊
听着悠长的牧歌
喝着地道的青稞酒
品尝这些奇异的美食
纵然你有万千烦恼
不知不觉中你的身心也会获得
彻底的安慰与松弛

事羊记

羊出西北。

甘南草原的欧拉羊，新疆塔城的羊贵妃，宁夏盐池的滩羊……都是数一数二的好羊。内蒙古草原的羊似乎也不错，肉质鲜嫩，无膻味。国人食羊的历史可谓久远，最早可追溯到一千一百多年前，一些出土的壁画中就描述了当时人们吃羊肉的情景。到了宋朝，上至宋太祖赵匡胤，下到南宋名将韩世忠，都偏好羊肉。元代开始，风气更盛，元宫廷太医忽思慧所写的《饮膳正要》中，含羊肉的菜占了近八成。到了清朝，羊肉的吃法更是发挥到了极致，从乾隆爷下江南的饮食档案来看，最著名的当属清朝宫廷的一百零八道羊肉大宴了。

羊肉的吃法不一而足，有红焖羊肉、铁板羊肉、烤全羊、清炖羊肉、羊肉泡馍、馕包肉等等。众多的吃法之中，我最熟悉也最喜欢的，还是煳拉羊头、死面饼子羊肉泡和手抓羊肉。

甘肃和宁夏是邻居，我所在的县城，到西海固也就一百公里的路。既然是邻居，就免不了经常走动。某年冬天，宁夏回族诗人单永珍电话里吆喝我说："我们在一个村子里宰了两只羊，你带几个兄弟过来吧！"两只羊啊，若是放在古代，那是王侯将相的享受，是在青铜器里才能见到的美食。知道永珍不会诳我，于是带了几个兄弟赶过去。诗人牛红旗开车接我们，七拐八弯，抵达一个僻静的小村庄，诗人王怀凌、阿尔，散文作家阿舍也都来了。羊是阿訇现场宰杀的，农家将羊肉清炖，只加了盐和胡椒，鲜嫩，肥美。一干人盘腿坐在农家的热炕上，窗外北风呼啸，屋内热气腾腾。用粗瓷碗盛了白酒，边吃边饮，肉是鲜肉，酒是烈酒，人是爽人，吃得尽兴，喝得开怀，最后我醉得人事不省。

除了清炖，宁夏的羊肉之中，最让人难忘的，还是煳拉羊羔头。回民天生都是做牛羊肉的好手。固原六小的旁边，有两家专营羊羔头和羊蹄的老店，一家叫"马文清五香羊羔头"，另一家叫"马德国五香羊羔头"。十几年前，我第一次去固原，和单永珍、王怀凌一干人喝完酒已是半夜光景，怀凌说："咱吃宵夜去。"我们摸黑进了一家小店，店主端上来一盘羊羔头，一人一头，我有些犯怵，这能吃完吗？怎么吃？对于新鲜陌生的事物，我们总是心怀本能地拒绝和保持警惕。永珍说："放开吃，好吃得很！"边说边教我。我半信半疑地撕了一块肉，酥烂可口，麻而不辣，不肥不腻，果然好味道！于是乎，放开手脚，风卷残云，顷刻之间，一只羊头就变魔术般，没了！有了第一次，后来每次去固原，都要专门寻了去吃。这两间老店，专卖羊头羊蹄，早上歇业，下午五点开门，到了晚上十点左右，三百多只羊头就卖完了。第一次吃的时候每个羊头八块钱，现在涨到了三十五元，但是吃的人有增无减，常常是不到十点就售罄了。

关于羊头，我写过几首诗，录其中一首：

> 哦，我的主人
>
> 我吞食青草
>
> 啜饮甘露
>
> 忍受鞭笞和孤独
>
> 为的是有一天
>
> 在你路过的时候
>
> 提头来见
>
> ……

人都有虚伪的一面，写作者尤甚。一边怀揣恻隐与悲悯，一边又无法拒绝羊肉带来的味蕾刺激和肠胃舒坦，大快朵颐，我也不能免俗。

已过世的老作家汪曾祺有一篇《手把肉》，说的是在蒙古包里吃羊的事儿。这老头挺可爱，写了许多让人心肺温暖的文字。但这个"把"字似乎太"文"了一点，没有还原羊肉的本味。在西北，大多都叫"手抓羊肉"，一个"抓"字，羊肉美味馋人的形象就跃然纸上了。

我吃过最有意思的手抓羊肉，是在甘南的玛曲草原上。

玛曲是藏族人聚居区，黄河从青海流到这里之后，悠然地拐了个弯，留下了水草丰美的大草原。这里的欧拉羊是藏系羊，体格健壮，高大丰美，头小臀肥。由于常年在草原上游荡，吃青草，饮甘露，肉质异常细腻鲜美。甲午年七月，我和诗人郭晓琦、扎西才让、王小忠等人一起参加《格桑花》编辑部在玛曲草原开的笔会，有机会一睹阿万仓湿地草原壮阔辽远的美景，也尝到了正宗的手抓欧拉羊肉。在海拔三千多米的草原上，我们支了锅灶，用黄河水煮羊肉。藏族人煮羊肉更简单，只在羊肉快熟的时候放点盐，这样煮出的羊肉最大限度地保留了食材的新鲜和原味。肉熟到七八成时，就可出锅食用。大家一哄而上，每人手抓一块，在野花摇曳的草地上席地而坐，边吃边喝藏人自己酿的青稞酒。很多藏族朋友都随身带着小刀，左手抓肉，右手剔骨，左右开弓，吃下来，一块骨头白白净净，像是件艺术品。远处雪山巍峨，近处青草悠然，身边藏族朋友歌声悠长动听，纵是你有家国心事，在这里也仿佛到了世外桃源，可以吃得痛快，喝得酣畅。

在我的老家，羊肉最常见的吃法，是死面饼子羊肉泡。羊肉的做法和陕西羊肉泡差不多，只是饼子大有差异。陕西人用的是发面饼，我老家则是用开水烫了面之后，将面团擀成几毫米的薄饼烙制而成，叫"死面饼子"，这样的饼子撕成一寸见方的小块，泡入羊肉汤中，不会发糊，柔软、筋道，很有嚼头。

近日翻李笠翁《闲情偶寄》，看到他关于羊的几句话，饶有趣味："参芪补气，羊肉补形。予谓补人者羊，害人者亦羊。"意思是羊肉多食容易发胀，对身体不好。李渔是浙江人，一生风雅，阅历无数，但他没到过西北，没有尝过这里各色的羊肉，如果他吃过正宗的手抓羊肉，估计就不会这么说了。

《说文解字》上说：事，职也。本来是我吃羊，反而说成是事羊，看，只因我好这一口，又自欺欺"羊"地虚伪了一回。

炒面客

甘肃和陕西，一衣带水，是兄弟。既然是兄弟，就免不了口舌相互糟蹋，也彼此赞美。甘肃人见了陕西人说：这关中冷娃秦腔吼得攒劲很！陕西人见了甘肃人说：瞧，炒面客割麦子的活计还是出彩！

甘肃地域狭长，从陇东到河西，绵延数千里，像一根肋骨，斜躺在亚洲腹地。兰州以西，由于祁连雪水的浇灌，金张掖，银武威，都是产粮区。陕西人所言的"炒面客"，当属我的老家陇东一带。这里年均降雨量不足500毫米，年蒸发量却达1469毫米。因为干旱少雨，庄稼产量低，在很长一段时期内，炒面是人们主要的干粮。乡人出远门寻活路，都随身带着一个干粮袋子，里面盛着各色炒面，走到哪里，饿了，要一碗水，捏一把炒面吃，看起来寒碜，倒也是省钱活命的好法子。

我的老家静宁在成为"中国苹果之乡"前，乡人多以粮食种植为主。除了小麦、洋芋、玉米之外，还大面积种植莜麦、高粱、糜子、谷、黄豆等杂粮。不知是哪位先民发明了炒面，我翻遍《静宁县志》，也查不出个所以然。在一些诸如《食经》《闲情偶寄》等美食著作里，也找不到它的踪迹，可能因为它本身低贱普通的缘故吧，难入那些美食家的法眼。

老家的炒面，做法很简单，将莜麦和黄豆、黑豆等主料混合，去皮，放入锅内炒干，再将胡麻籽（或大麻子）、甜菜干、花椒叶等配料放入锅内，加盐和调料炒熟，晾冷之后，将主料辅料和在一起，用细磨磨了，再用细箩儿过滤杂质之后，即可做成香喷喷的优质炒面，冬天不冻，夏天不馊，储藏方便，一年内不会变味。乡人制作炒面，主料辅料没有固定的法式，视每家的粮食情况而定。据老人们讲，三年困难时期，很多人用榆树皮和麦衣做成炒面，这些东西，在今天看来都是无法食用的，但当时却救了许多人的命。

炒面携带方便，能干吃，也能用开水冲了吃，是乡人以前日常必备的食物。乡下农人，早晨起来都有喝罐罐茶的习惯，没有馒头、饼子等干粮的时候，就取一些炒面就茶。干吃炒面需要耐心和技术，要屏气，合唇，慢嚼，通过唾液黏合下咽。不会吃炒面的人，不仅会呛着自己，还会一口吹掉，浪费粮食。我第一次吃炒面，是七八岁的年纪，上小学，同学给了炒面吃，刚吃到嘴里，被他逗笑，"噗"一声，喷了他一个大花脸。后来在县城上中学，没有零钱买早餐，每年开学的时候，母亲都要做些炒面给我带上。那时候很多同学家的情况都变好了，一个班上，只有我们少数几个同学还带炒面当早餐吃。怕同学笑话，常常是在课间，躲在僻静之处，匆匆吃上几口，来安顿一下青春期正在发育的身体。

关于炒面，老家一带有许多有趣的故事。据说县城附近有个姓靳的庄稼汉，一顿吃一升炒面之后，到距离静宁七十公里外的关山一带拉山货，来回五天可以不吃饭。陇上著名书法家李树敏是静宁人，1931年夏天，他背了几十斤炒面，足穿麻鞋，徒步数千里，只身前往山东曲阜朝拜孔庙。于孔庙拓得历代名家碑帖多幅，回来后潜心临摹，刻苦练习，终成一家。李先生背炒面千里学艺的事，在老家成了一个典故，若是谁学习不好，手艺不精，往往会被如此耻笑：背上二斤炒面找个有本事的师傅好好学一下，再来！

炒面的主料是莜麦，是燕麦的同属，有科学资料显示，莜麦含有丰富的蛋白质和人体所需要的氨基酸、维生素和碳水化合物。基于此，乡人在普通炒面的基础上，对配料进行了改进，推出了"温面"和"油茶"。前者是乡人治急性肠胃疾病的土方，谁家的小孩子拉肚子了，在热锅里用文火炒干小麦面粉，面熟之后，用开水冲了服下，疗效奇好；后者则是当下许多人早餐的主角，尤其是平凉、固原一带的回民，在辅料中加了核桃仁、芝麻、白糖、瓜子仁等，然后用牛骨髓炒制而成的"牛骨髓油茶"，用开水冲了，有一种摄人心魂的香，是平凉的名优小吃。我在藏地漫游之时，曾吃过糌粑，其实也是炒面的一种，只是兑了酥油，比普通的炒面更富有热量，可以帮助高寒地区生活的牧民度过漫长的冬季。时下的人们，在吃惯了山珍海味之后，近两年似乎又有了返璞归真的迹象，许多人热衷于五谷杂粮的味道，精明的商家正是看到了这一点，推出了"五谷香"等一些小吃。所谓"五谷香"，不过是炒面的另一种叫法而已。

行文至此，还得回到开头陕西人的话上来。为什么叫甘肃人"炒面客"呢？因为关中产粮，每年5月左右，陇东一带的麦客，会带上炒面大量涌入关中割小麦，所以就落下了这么个不甚好听的"雅称"。不过现在细细想来，这"炒面客"也没有什么不好，倒是很符合乡人朴实耐劳、坚忍不拔的品格，若是有人以后喊我"炒面客"，我会坦然应之。

锅盔记

　　初秋的一个下午，给母亲打电话捎东西，问她想吃些啥，母亲说啥也不缺，在我再三坚持之下，母亲终于松口："你非要捎，就捎两个锅盔吧，我早上喝茶吃。"

　　父亲在世的时候，母亲是每隔两三天都要烙馍（即锅盔）用来早上喝茶的，父亲走了之后，她一个人住在乡下老屋里，有时候会"偷懒"，饭食难免潦草，敷衍自己。曾多次劝她来城里和我们一起住，但老人说在乡下生活惯了，自在，坚持不来。

　　便去给母亲买锅盔。

　　锅盔，亦称大饼，是甘肃、陕西一带的美食，相传是始于唐代。当时官兵在为武则天修建乾陵时，因服役的工匠人数很多，往往因为吃饭而耽误施工进程，于是一名士兵就把面团放进头盔里，把头盔放到火中去烤，烙成了饼。之后，这种做法渐渐在民间流传开来，人们就把这种饼称之为"锅盔"。但凡在国道312线一带途经的人，都不仅听闻过静宁锅盔的大名，也曾饱过口舌之福。静宁锅盔以其外形美观、薄厚均匀、色泽光亮、酥脆甜美、入口回甘、经久耐放而闻名陇上，到清朝同治年间，静宁的锅盔始为外人所知。如今的静宁县城，做锅盔的店铺大概有二十多家，尤以"翟记""李记""裴记"最为有名。

我经常去的是"翟记"。

"翟记"的老板叫翟思温，地道的静宁人，从1979年开始用这个手艺养家糊口。因为要写这个小文字，买锅盔的当儿，便和他聊起做锅盔的事来。

说起翟记锅盔，它是有渊源的。老年间，静宁民间有这样的顺口溜："要吃点心吉庆园，要吃锅盔冯芝兰；要吃面，杨书甜，要吃包子靳小泉。"乡人用朗朗上口的几句话，总结了老家一带的美食与字号。这久负盛名的翟记锅盔的翟思温老人，就是冯芝兰的传人。

生于1949年的翟思温，是静宁县城的老居民，三十岁之前，他经历了上山下乡，后去新疆讨生活，但都一无所成。三十岁那年，他从新疆回到老家，改革开放的春风已经吹到了小城，许多以前被当资本主义尾巴割掉的小生意人重新收拾家当，自谋生路。正当而立之年的他在思忖了许久之后，决心学习锅盔制作技术，借此来养家糊口。于是翟思温称了一斤茶叶，去找冯芝兰的女婿靳玉华拜师。那时候，这些养家的手艺，一般是不传外人的，因为都在一个小县城里，教一个徒弟，就多了一个竞争对手。

第一次去，自然而然地，被拒之门外。

吃了闭门羹的翟思温并没有打退堂鼓，而是每天下午坚持去给靳师父烧火、拉风箱、帮灶。一个三十岁的男人，低眉顺眼地做活，并无许多闲话。他的诚心最后终于感动了靳玉华，靳玉华给他大致说了一下锅盔的制作要领。

传统的静宁锅盔，是选用筋道比较足的春麦，用石磨磨了之后，用二两酵母发面，兑上一斤八两没有发酵的面粉，温水和成面索，然后上案板，用杠子压。直到压得面团莹润规整，撒上香豆，就上锅烤。两个平底锅顺序上色，待表面呈金黄色之时，再放入尖底锅，用麦秆烧灶，文火烤熟。这样做出来的锅盔，酥脆可口，一般放上十天半个月都不会发霉。坊间曾传说，早年间有个外国人路过静宁时带了一坨锅盔，忘了食用，待远涉重洋后从旅行箱中取出，居然香甜如初，丝毫没有变质的迹象。窃以为这个故事有点以讹传讹的嫌疑，但静宁手工锅盔耐放却是不争的事实。因为锅盔本身的比例，干面多，发面少，再经过炉火攒烤，水分极少，适合出远门的人当干粮携带，这大概也是过往静宁的商旅喜欢它的原因之一。

俗话说，师父引进门，修行在个人。从师父那了解和掌握了锅盔的基本做法之后，翟思温并没有因循守旧，慢慢地，他在做锅盔时摸索着加入了胡麻油和酒，这样做出的锅盔更香；他在传统锅盔的基础上，还推陈出新，自创了糖锅盔，深受过往客旅的追捧，手工制作，最多一天能做十五个左右，他背到车站一带去卖，不到两个小时就会一抢而光。

翟思温老人的操作间，有一根花梨木的压面杠子，这杠子见证了老人四十年来在烟火缭绕的灶台上讨生活的过程。老人说，这根杠子刚做成的时候，有两米长。案板中间，有一个约十厘米深的洞，压大饼的时候，杠子的一头就搭在洞里，另一头，他用腿搭上去反复地压制……长年累月的磨损，如今，这花梨木杠子不到一米五长，表面油光水滑，泛着一层红褐色的包浆。由于经常用手去握，杠子的这一头，居然生生被他用手指磨下去一道两厘米深的沟。

"等我以后不做了，我就把这根陪伴我四十年的老伙计，送到县博物馆里去，也是一件文物了吧！"

老人有些释然地笑。

我点头。就是这根杠子，见证了一个小手艺人四十年来讨生活的过程，也见证了他的辉煌。

"做了一辈子锅盔，没有发家致富，但把日子顺利地推过来了。感触最深的是两件事：一件是我用锅盔把五个儿女养活成人了，他们现在都成家立业了；另一个是我这手艺还上过三回中央电视台呢！著名主持人水均益都吃过我亲手做的锅盔，还专门展示过我这儿的这根宝贝杠子！"话至此处，老人的脸上霎时间泛着红晕，满满的自豪感。

给母亲捎完锅盔回家的路上，我在想，这一坨大饼的两端，不管是做的人，还是吃的人，似乎都撕扯着某种古老的恩情。

鸡鸣三省

　　鸡是国人最熟悉的物种之一，也是餐桌上的常客。

　　举世闻名的甘肃天水大地湾一期文化中，就存有距今8000年左右的家鸡的骨化石。而距今3000年的甲骨文中，也明确有"鸡"字存在。这说明中国是世界上最早养鸡的国家之一。我的老家距离大地湾不过半小时的车程，这里出产的土鸡，以其色纯、体大、蛋多、肉质细嫩而名列全国地方名优品种之一。

　　有了好食材，自然就有了好吃法，这是顺理成章的事。乡人烹鸡，多以清炖、爆炒为主，这几年新疆大盘鸡、辣子鸡也日渐为年轻人所喜欢。

　　而这些吃法之中，最受乡人喜好且名气最大者，当属烧鸡。

　　据《静宁县志》记载，烧鸡制作，始于明代，兴盛于民国年间。改革开放后，河南，陕西及甘肃的定西、平凉等地常派人来静宁学习烹制之法。岁月流转，许多美食都渐渐成为人们心中遥远的记忆，而静宁烧鸡却长盛不衰，且近年来产量有不断增大的趋势。行走在静宁的大街小巷，烧鸡店比比皆是。甚至在兰州、平凉、西安，也有以"静宁烧鸡"为名的店铺。究其原因，这可能与静宁交通发达，过往商旅比较多有关，但最主要的，还是静宁烧鸡那让人欲罢不能的味道吧。

这种在陇东地区家喻户晓的美食，其实是卤鸡。

卤鸡的奥妙，在于卤汤。制作烧鸡的卤汤，一般选用白胡椒、丁香、大香、桂皮、草果、小茴香等香料，这种汤可以持续使用，每次卤制烧鸡时，在老汤中加入清水，制作完之后，保留一部分汤汁作为下次的引子。老字号烧鸡作坊的卤汤，有的甚至达二三十年之久，而且都有各自的配方，据说，有些卤汤中是加了名贵中药材的，具体加的哪种药材，属于商业秘密，是秘不示人的。但总体来说，卤汤越陈，做出的烧鸡味道越醇，我曾暗自揣想，这大概和老壶泡新茶是一个道理吧！

静宁烧鸡讲究"宰鲜、煮鲜、卖鲜"。待卤汤烧开之后，将肥嫩相间、宰杀干净的生鸡按照汤的多少比例下锅，大火烧开滚透，再用文火慢煮，约莫三小时，浓郁香味已然弥漫开来，这时候，一只只色泽明亮、热气腾腾、鲜嫩可口的烧鸡就可以正式出锅了。这烧鸡，或路途食用，或馈赠亲友，莫不为人称绝！有人曾赞之："闻香千里外，味从鸡肉来。"

作为地道的静宁人，我吃烧鸡的历史却是很晚的。上初中的时候，在县城工作的堂姐有次买回来一只烧鸡孝敬爷爷奶奶。那时候家里人多，生活困难，即便是有好吃的，也只能留给老人，娃娃们只有流口水靠边站的份。后来看电视剧《平凡的世界》，青年孙少安因为媳妇将家里给奶奶留着吃的白面做了馍给自己吃的时候，气急了想揍媳妇的情节，我倍感唏嘘，但凡经历过困苦生活的人都知道，那绝非杜撰，而是当时农家生活的真实折射。

因为小时候生过病，身子弱，奶奶疼我，看我站在堂屋的门槛上不走，便分给了我一截翅膀。我清晰地记得我在啃鸡翅的时候，其他姊妹们羡慕的眼神。那个味道，让我终生难忘，简直觉得这就是天底下最美好的味道了。两年后，去县城上高中，周末闲逛时，偶尔经过烧鸡摊点比较多的车站一带，看着过往的旅人围堵在店门前，抢购烧鸡，我也只是远远地看一下，摸摸口袋里仅有的生活费，然后生生按下喉咙里将要伸出的馋爪来，决绝地走开。那时候想，等我自己挣钱了，一定要买一只烧鸡尝尝，以解这心头之"恨"。或许，对于像我这样出身农家的人来说，那时候上学的动力，仅仅是源于想通过自己的努力，吃一只烧鸡吧！

大学毕业之后，命运轮回，我又回到了小城，谋到了一份安身立命的差事。领到第一个月工资的时候，毫不犹豫地一路小跑到县城东关，买了两只烧鸡：一只从班车上捎给了在乡下的父母，另一只当作晚餐。我居然一顿给吃光了，总算是狠狠过了一回吃烧鸡的瘾，也是了结一个多年的心愿。

静宁烧鸡名气大，喜欢的人自然不在少数。工作后，有时候去外地，总要给师友们带上几只作为礼物。为此，还闹过一个误会。

有年去兰州出差，顺道给《飞天》的编辑、诗人李老乡带了一只烧鸡。老乡是我的恩师，我上大学的时候，他给我指点过写作，我一直对他是心怀感激的。进门的时候，见他办公室里还有个年轻人，老乡说是兰大的研究生，在他那实习。就淡淡地打了个招呼，在办公室喝完老乡先生浓浓的一杯陇南龙井之后，我放下烧鸡，就起身告辞了。

学生给老师带点礼物，原是情理之中的。但可能因为我当时没怎么理会那实习生，怠慢了他，让他心怀芥蒂。多年之后，我看到他写的一篇《甘肃70后的文学迹象》文字，居然把我描写成了一个一手拿着烧鸡，一手拿着诗稿去找老乡老师的市侩之徒！我气不打一处来，立即给他打电话求证。谁知那家伙在电话的那头哈哈大笑："静宁烧鸡陇上闻名，你就不能给我带一只？"我听他这话，又好气，又好笑。熊他："你要吃烧鸡就言喘一下嘛！在文字中损我做甚？"到后来，居然和他成了无话不谈的朋友。

烧鸡吃得多了，便发现了一个秘密：腿、翅膀、脖子是比较好吃的，最好吃的部分，则非鸡爪莫属。外地人多美之为凤爪。鸡爪自然也是卤过的，肉少，但味足，茶余饭后，啃上三五个鸡爪，那滋味，三言两语是说不清的。在静宁，鸡爪是单独出售的，并不和烧鸡一起售卖，一斤鸡爪的价格，相当于一只烧鸡，可想它受欢迎的程度。

日常之中，我还是个伪球迷，每每到世界杯、欧锦赛这样需要倒时差的重大赛事，我都提前备上一斤鸡爪，一罐啤酒。赛事开始后，在小几上摆开来，边啃，边饮，边看。啃鸡爪是个技术活，须得十分耐心，方能啃得干干净净，不做丝毫浪费。有时候看球，看到尽兴处，一不小心，不免连爪上的骨头都吞咽下去，待发觉时，已悔之晚矣！诗人郭晓琦是我最要好的朋友，我每次去兰州，都要勾引他痛饮一场。次数多了，他的夫人就有意见。但我发现了一个秘密：郭夫人最爱吃静宁鸡爪！后来每次去，都要给她带上一包。晓琦在电话里这般一说，夫人就在那端松口了，许可我们去喝一杯，只是临了还要叮嘱一番："千万不要喝多，丢了我的鸡爪爪！"

行文至此，得解释一下题目的意思了。静宁地处陇东，和宁夏接壤，距离陕西地界，也不过100公里，作为地方名优小吃的静宁烧鸡，在这一带享有极高的知名度，但凡在国道312线上穿行的人，若是提起静宁烧鸡来，或多或少是有些故事的。这几年我在外面游走，一些朋友问我是哪里人，当说到静宁二字的时候，他们的第一反应都是：你们的烧鸡好吃！所以将这篇短文命名为"鸡鸣三省"，也不为过吧！

乡野之味

近日翻书，发现明代有两个好玩之人，说他们好玩，主要是因为这两个人都与野菜有关。

第一个是朱元璋的第五个儿子朱橚，他虽出身皇家，但有一颗草根之心，曾搜集了可以食用的草木野菜四百余种，不但在自己的园圃里栽植，还叫画工编绘了一本《救荒本草》，以资时政；另一个则是明代的大散曲家王西楼（王磐），他的《朝天子·咏喇叭》到现在几乎是妇孺皆知的名曲。他亲手编绘的《野菜谱》，采用上文下图的方式，画笔简单传神，诗文则多以菜名起兴，延续了散曲的诙谐幽默，抒发感慨，喟叹民生疾苦，大大提升了野菜的文化内涵，《野菜谱》也算是为乡野之菜正名的一本奇书。

我的老家静宁，以前属于贫寒之地，在温室大棚技术没有普及之前，反季节蔬菜是做梦也想不到的事，而乡人又以面食为主，生活虽然困顿，但下饭菜，总是要有的。

这些下饭菜，大多是时令野菜。

苦苣
苦苣寒味苦
夏日凉
拌之可
慰念腺
己亥
平利

野菜之中，首当其冲的是紫花苜蓿。苜蓿也叫金花菜，两汉时期从西域传入中原。静宁是汉代成纪古城所在、飞将军李广出生的地方，又处在长安去往西域的必经之路上，应该是苜蓿穿过河西走廊之后，率先抵达的地方之一。

苜蓿是朴素坚韧的植物，到了这里之后，也不嫌穷爱富，且不管它是良田沃土，还是地埂沟渠，就一头扎下根来，在这里繁衍生息，一住就是2000多年。这貌似卑贱之物，既能人工栽植，也可不管不顾，自由野生。它不仅养活了骡马牛羊这些牲畜，在一定程度上，也养活了这里的百姓。

春天，冰雪刚刚消融，向阳的山坡上，最先探出嫩芽的，就是苜蓿和冰草。这肥嫩青绿之物，迎风就长，出土三五日之后，就已经半寸来高了。这时节，乡里的妇女孩童都会挎个小篮子，去苜蓿地里找嫩芽，老家叫"掐苜蓿"。手快的妇女，一两小时，篮子就堆得满满当当，而那些小孩儿，大多是借掐苜蓿之名，到山野里撒欢，有时候也会因为几朵肥美的苜蓿芽儿而怒目相向，乃至于撕扯一番。

苜蓿是多年生的草本植物，嫩芽掐了之后，并不影响它继续生长。

苜蓿芽带回来之后，主妇们会将里面的柴草、苜蓿根等挑拣出来，用清水淘洗几遍，然后用开水焯了，再将生姜、蒜瓣切碎，用一勺热油浇将下去，撒上盐，夹上一筷子，嫩香可口，让人欲罢不能。乡下还有种做法，是将苜蓿和在杂面里蒸熟，调上油、盐等调料，名曰"烩面"，是换季时节极其可口的主食。

从初春伊始，苜蓿一直可以吃到农历四月。进入初夏，苜蓿已有半尺来高，其茎秆已经接近木质化，就不能吃了。长到农历七月，一米多高的苜蓿会开出紫色的花，结出浅绿色的籽，乡人就将它们收割晒干，码起来，作为牲畜们过冬的草料。

三年困难时期，苜蓿也是乡人的救命草。父亲曾说，1960年的春天，漫山遍野都是寻找苜蓿和野菜的人们，饥饿的人们几乎把地里的苜蓿根都刨出来吃了。神奇的是，第二年春天，人们惊讶地发现，在他们把根刨光了的地方，苜蓿的嫩芽居然又不屈不挠地钻了出来，长得意气风发。

而今，由于机械化的普及，乡人几乎不养牛啊驴啊这些牲畜，以前的草料地都种上了苹果树。苜蓿也似乎被人们打入了冷宫，没有大量人工种植的了，但在一些犄角旮旯，路边埂上，依旧能看到它们顽强的身影，大都是风中散落的种子野生的。即便是在温室蔬菜称霸乡人菜篮子的今天，苜蓿仍然受到人们的追捧和热爱。在我居住的小城，初春的周末，总有三三五五的人们拿了小刀和袋子，去山上寻苜蓿芽，既锻炼了身体，又获得了无公害的绿色美食，可谓一举两得。

在我看来，苜蓿是一种德才兼备的植物，它的生命力，不可小觑。

在吾乡，堪与苜蓿媲美的另一种野菜，当非苦苣莫属。

苦苣，也有叫"长裂苦苣菜"的，乡人一般呼其为苦苦菜。《桐君录》云："苦菜三月生，扶疏。六月花从叶出，茎直花黄。

八月实黑，实落根复生，冬不枯。"

想来，这也是有历史的菜了。

与苜蓿的朴实率性不同，苦苦菜是典型的喜欢攀高枝的植物，一般寄居在庄稼地里。清明前后，点瓜种豆。几场雨过后，随着玉米、洋芋的发芽，苦苦菜也约好了似的，在田垄间冒出来。乡人一般因为怕它们和庄稼争夺养分，会果断地把它和其他杂草一起除掉。

但苦苦菜是不会善罢甘休、偃旗息鼓的。待庄稼长起来的时候，它们依旧会不依不饶地钻出地面，而且是一长一大片。乡人这时节即便是看在眼里，也不去管它。只等着一场透雨，三五日的工夫，苦苦菜已经有二三寸的样子，白嫩的根须上顶着几片嫩叶，是最适合采食之时。这时节，妇女们就会三三两两相约，去庄稼地里剜取，乡人叫"拾菜"，我觉得这个词真是恰如其分呢，那么多的苦苦菜，根本不需要花费大气力，便可手到擒来，只需一会，篮子里已堆得小山似的。

乡人喜食酸辣，因为长期生活困顿的缘故，都舍不得用粮食来酿醋，只在过年的时候少量酿一些。而日常面食调和所用，就是酸菜。在很长一个时期内，做酸菜的主要原料，就是苦苦菜。

做酸菜时，将拾来的苦苦菜，经过一番淘洗之后，照例是用开水焯了，不能太烂，菜熟即可，然后加上酵母和面汤，投入缸中，过上三五日，一缸酸菜就已经做成了。菜可以捞出来撒上盐，用辣椒油拌了，下饭吃；汤是浆水，用葱花、胡麻油

炝了，成就了另一种陇上美食：浆水面。

但若是冬日，苦苦菜还是乡人另一种主食馓饭的下饭菜。有些人家会在做酸菜的时候加入洋芋丝，捞出来用油泼辣子拌了，味道会更好。苦苦菜绵软酸爽，土豆丝清脆可口，男女老少都喜欢。

说到苦苦菜下馓饭，不由得记起一件事来。

2016年秋天，我和诗人叶梓、郭晓琦等一干人去天水玩，在麦积山下的一个农家乐吃馓饭。诗人叶梓移居苏州已久，想念家乡味道，这吃馓饭的主意就是他出的。自己思慕已久的饭菜到了嘴边，他自然不会客气，端了饭碗半蹲着吃，夹菜时速度要快我们许多，我们一行六人，老板只给了一盆苦苦酸菜，味儿又特别地道，三下五除二，盆子就见底了！招呼我们的朋友一看大家伙都没吃尽兴，就径直去厨房，他看到案板上有一盆调好的酸菜，也不管三七二十一，直接端了就走。正在我们吃得酣畅淋漓的当儿，一个五大三粗的汉子过来吼我们，看他怒气冲天，撸起袖子几欲动手的样子，我们都有些晕乎，不知什么地方冲撞了这门神一般的人物。后来才理清楚，说是招呼我们的朋友端了他们的酸菜！他那咆哮之声惊动了饭店老板，好说歹说给人家赶紧上了酸菜，才避免了一场纠纷。

乡人喜欢苦苦酸菜的程度，由此可见一斑。

如今，有些菜贩也摸透了城里人的心思，入夏时节，市场上会有从地里拾来的、还沾着露珠的新鲜野生苦苦菜售卖。每年，我都要多买一些，用开水焯了之后，团成团，置入冰箱，待到冬天的时候，取出来用凉水化开来调了吃，味道并不比鲜菜差。

后来翻书，发现这苦苦菜还是一味药呢。《本草经疏》中载："主五脏邪气，厌谷胃痹。久服安心益气，聪察少卧，轻身耐老。"现代医学证明，苦苦菜对治疗肝硬化、慢性支气管炎、小儿疳积、妇人乳结红肿疼痛等病症都有效果。

如此说来，苦苦菜在庄稼地里有恃无恐地寄生，也是有些底气与资本的。

除了苜蓿和苦苣，老家人春天采食的野菜之中，还有斜蒿、荠菜、蒲公英、蕨菜、香椿等，吃法都差不离儿，多是凉拌。在距我不远的华亭和庄浪一带，因为背靠关山，还出产乌龙头、五爪子，朋友每年都要捎来一些，在我看来，那是属于山珍之类的稀罕之物。

这些春天的馈赠，快到入夏之时，大多都叶茎俱老受到乡人的嫌弃，不再采食。不过，因为它们的存在，我对每一个即将到来的春天，内心总是充满了一种类似于饥渴般的念想。

化心梨

我家原来是有一棵沙梨树的。

在苹果还没有成为乡人的衣食父母之前，老家一带，以种庄稼为主，但一般人家，都会在房前屋后的空地上种一些杏儿、李子啊，苹果啊，桃等果树，乡人戏称为"嘴头子"。果子成熟了，也不售卖，主要是用来哄自家的小孩，吃不完的，就赠送左邻右舍、亲朋好友。

这些果树之中，就有沙梨树。

我小时候顽劣，十岁左右的年纪，和村里的一帮玩伴一起，上房揭瓦、下河摸鱼的事都干过，这其中少不了偷别人家的果子。在我和小伙伴的心里，有着一张详细的果树图谱，谁家的杏子个大味好，谁家的李子味道纯正，谁家的苹果快要成熟了……都是一清二楚的。夏夜的月光下，总有三五成群的少年在乡村的地埂上游荡，胆子小的望风，胆大、技术好的负责爬树摘果子。我们有个不成文的约定，一次偷摘的果子，够大家晚上分吃就好，不能多。这样做，一来怕引起主人的警觉，二来怕吃不完带回家去，受大人的责罚。

但即便是我们把村子里的"嘴头子"树都爬遍了，对于沙梨树，却是一直没有什么兴趣。秋天的时候，沙梨成熟，黄中透红，煞是好看。但我和小伙伴们都尝过，沙梨有些中看不中吃的意思。摘一颗下来，硬邦邦的，像石头，使劲咬上一口，正如它的名字一样，果肉几乎全是沙子一样的果渣，只能勉为其难地咂一点果汁。所以，后来那些沙梨果子去了哪里，我都没有怎么留意过。

对沙梨看法的改变，是后来发生的一件事。

十二岁那年春节，我因为穿得少又贪玩，得了重感冒，咳嗽得厉害。老天又捂了厚厚一场大雪，去乡镇卫生院的路都被堵上了，没法取药。正在我难受之际，父亲从堂屋的桌子底下搬出一个泥罐，小心翼翼地揭开罐口封存的泥巴，取出几个黑乎乎的物什来，圆圆的，似乎还冻着。他将那物件放在凉水中，等待冰化了之后，整个儿放到茶缸里熬煮，之后递给我一杯清亮透红的汤汁，让我赶紧喝下去。第二天，奇迹一般，我的咳嗽居然大为缓解，感冒也很快痊愈。

父亲说，这是化心梨，就是沙梨树的果实。

自那以后，我就对沙梨树有了好印象，觉得它真是一个神奇的东西。上初中的时候，陆续读了一些诗词，小小少年，居然有了闲愁，每年春天梨花盛开之时，下午放学之后，会兀自跑到我家的沙梨树底下，对着那一树繁花，乱想一通。

祖父那时候已经年迈，气管又不好，每年冬天都会感冒卧床，父亲总要给他熬化心梨吃。乡人收藏化心梨，有一套自己的土办法。一般是秋天沙梨成熟之时，选个大饱满、没有受伤的摘下来，在泥缸底层垫上一层麦草，然后一层一层，将沙梨摆上去。整个泥缸垒满之后，再用泥将缸盖封住，然后就交给时间。

待到腊月天寒地冻之时，经过两三个月的降解，曾经黄亮的沙梨已经变得乌黑，里面的果肉也都化成了水，成了名副其实的化心梨。吃化心梨的时候，可以轻轻将把儿拔掉，被拔掉的地儿，会汪出许多清亮的梨水来，赶紧将嘴凑上去，轻轻吮吸一口，顿时，一股酸中带甜的汁液，会将你的心肺完全征服，我甚至觉得，"沁人心脾"这个词，就是专门用来形容化心梨的。小时候嘴馋，祖父吃化心梨的时候，我总凑在跟前不肯离去，他看着不忍，就让我舔几口，但并不给我多吃，祖父说，化心梨性凉，多吃，对长身体的娃娃不好。

祖父去世后，我家的沙梨树也老了。结的果子又小又少，父亲那时忙于生计，很少去打理沙梨树了。有年秋天回家，看到父亲拿着斧头在砍沙梨树，我有些心疼，一问原委，父亲说是这树成精了，居然秋天开花，村人说这是很不好的预兆，父亲将信将疑，索性就将它砍了。

我家虽然不种沙梨了，但入冬以后，街道上总有售卖化心梨的。每年冬天我都会买上一些，用袋子装了，放在冰箱里，以备不时之需。后来翻书，才知道化心梨也叫软儿梨，《本草纲目》载：软儿梨有润肺止咳、凉心消痰、降火、解疮毒、暖胃、醒酒等药用功效。陕甘宁一带的人，都有冬天吃化心梨治疗咳嗽的习惯。位列二十世纪中国十大书法家的于右任老人曾赋诗赞叹："冰天雪地软儿梨，瓜果城中第一奇。满树红颜人不取，清香偏待化成泥。"

　　许多水果，都是以盛年成熟之色味而受人青睐，唯独化心梨不同，在黑暗中经受冷落孤独，最后以涅槃柔软之心而疗人之伤，以衰惫残老之相而受人尊崇，算是水果中大器晚成的典范了！于先生这诗，也算是给貌不惊人而居功至伟的化心梨，还了一个公道吧！

老婆肉

戊戌年腊月，我去崇信参加一个活动，不曾想驾车的朋友只顾着说话，一脚油跑过了高速出口，等下一个出口的时候，已经到泾川县城了。

泾川也称古泾州，原是有来历的地方，唐武则天时期的大云寺，出土的金棺银椁佛舍利蜚声海内外，西王母的传说也给这里蒙上了一层神秘的色彩。

正是饭点儿，不好意思给当地的朋友打电话，准备找个小面馆糊弄一下肚皮之后继续赶路。停好车之后，忽然看到前面一条街道上人群熙攘，市声鼎沸，就不由自主走了过去。打眼一望，只见逼仄的街道上，中间留开了一条车辆行人的通道之外，两边的泡桐树下，一溜烟摆开了各种摊子：卖酿皮的，炒凉粉的，卖面塑的，售调和的……几个头发花白的老人围坐在一株大树下打牌，暖暖的阳光照着，他们是那么的专注而坦然，仿佛世间所有的幸福都在手中薄薄的几张牌中了。

腊月里的街道，有一种世俗丰盈驳杂之美，这种市井之间弥散的烟火之气,是我深爱的。在内心里,似乎这里才是真正的人间。这些年我在外游荡,每到陌生之地,都不去逛广场和购物中心,而是喜欢去这种背街小巷。这些小巷子,仿佛一个个敞开的窗口,能窥见当地人最真实的生活,也能切肤地感受到一个城真正的气质——那不是现在千篇一律的写字楼和马路所能替代的。

信步游走之间,忽然看到三个婆婆,六十多岁的年纪,挨挨挤挤坐在一起,面前的竹编篮子里,摆着一些物什,像粉丝,又比粉丝粗,颜色还不一样。我的好奇心一下子就上来了,就停下来问,原来是西葫芦干菜。

对于干菜,在陇东农村生活过的人,一般是有些印象的。

大约是夏秋之际,蔬菜最多的时候,吃不完,勤劳的主妇们就将它们切成片或者旋成丝条,在沸水里轻轻过一遍,沥掉食材的戾气,然后摊开来晒干,乡人俗称"干吊"。吃"干吊"的时间,以前也有讲究,一般是正月二十三,燎疳节的晚上,一家子围在一起,家庭主妇早已用清水将干菜泡好,再佐以老豆腐、粉条、豆芽、洋芋片、大肉片混炒之后,加水煮沸熬烂,就可出锅了。这样做的汤菜,荤素搭配,味道醇厚,尤其是"干吊",脆而不绵,很有嚼头,甚至有肉的味道,有些人戏称其为"老婆肉",是极其让人迷恋的。

冬日里,乡人家里有红白喜事,如果在招待人的汤菜中加入"干吊",大都会受到宾客的青睐和赞美,甚至乡人还将参加红白喜事戏称为"吃菜菜"。

　　我毕业之后一直在小城谋生，有很多年没有参加过乡村里的宴会，吃到"干吊"的机会自然不多。再者，这些年乡人一门心思种果树，手上都有大把的闲钱，年轻的媳妇似乎都喜欢买鲜菜吃，很少有人再费气力去做"干吊"了。

　　回到那三个婆婆跟前来。看到我对她们的"干吊"有兴趣，一个老人就咧着漏风的牙齿说：过年的时候泡了做暖锅吃，很好呢！还可以泡了切成段，撒上葱姜蒜末，用热油烫了，调上盐和醋，是一道下酒的好菜！

　　见我有些动心，另外的两个婆婆也不甘示弱，纷纷将自己的"干吊"往我手里塞。一时间，我有些尴尬，为了平衡她们的关系，就在一个婆婆跟前买了西葫芦条，在另外两个跟前买了萝卜片和豆角丝。泾川的"干吊"是按两卖，而不是按斤。我粗算了一下，三样加起来，居然比鲜菜还要贵几倍。但看到她们的西葫芦条白白净净捆成粉丝样的形状，想着这些年迈的婆婆夏天认认真真旋西葫芦的情景来，也是值了！

　　从崇信回来之后，那些"干吊"被妻子丢弃在厨房一角，受尽了冷落。妻子没有吃过这玩意儿，不管我怎么游说，她总抱着一个死理：干菜肯定没有鲜菜好吃！但我心有不甘，己亥年春节回乡下，我将它们带了回去。大年初二，母亲做汤菜的时候，我将"干吊"取了出来交给母亲。结果起到了意想不到的效果，那顿汤菜，出奇地香，妻子和孩子们吃得酣畅淋漓，大呼过瘾！

　　过完春节回到小城，有一日下班，我见妻子在阳台上忙活，凑近了一看，原来是她将老家带上来的萝卜啊什么的全部切了在晾晒。我莞尔，也不好意思揭穿她。

没想到朋友一次误打误撞的开车经历，却让我在市井之间找回了"老婆肉"这种记忆中的美味。这些干菜，在接受了阳光和风的恩典之后，虽然失去了鲜亮诱人的外表，多了几分沧桑，但有了韧性，具备了自己独特的内涵，就如那三个婆婆一般，默默地蹲在生活的僻静之处，看着街道上车水马龙，人来人往，只是等待着机缘的眷顾。

这种淡定与老辣，也是一种境界了吧？

李子记

　　2008年4月，因为工作的关系，我离开蜗居十年的县城，去另一个城市谋生。十年的职场生涯，已经磨炼得我麻木而坚韧，我感觉自己正在不可救药地老去，对待许多人和事物，已经失去了轻易信任的勇气。仿佛一只用一层又一层的茧包裹起来的蚕，我和这个陌生的地方和环境保持着应有的距离。这样的距离让我能产生安全感。但是无形中，我也将自己与他们隔绝开来，拒绝和更多的人进行精神交流，过着表面热闹内心孤寂的生活。

　　供职的单位前面有条巷子，名曰石家巷。想来过去是姓石的大户人家居住或者许多姓石的人居住过的地方。石家巷属于城乡接合地带，每到清晨，这里就自然形成一个早市，一溜沿街的架子车上摆满了水灵青翠的菜蔬水果，大多是刚刚从地里采摘来的。沿着街道走过去，即使什么也不买，在蔬菜水果们水灵灵的注视下，也能感觉到生活别样的美好。

　　7月里的一天早晨，要去参加一个临时会议，因为不是很远，时间又充足，我决定步行去。经过石家巷的时候，看到一个卖水果的女人，架子车上的篮子里堆满了刚刚摘下来的李子，是我小时候常吃的那种老品种的李子，味道比现在超市里什么美国红宝石之类的大李子要好吃得多。老家人关于李子有句俗语："桃饱杏伤，李子吃得多了送丧。"意思是李子不好消化，过量食用的话，会引起肠胃不适，但比起那些拼死吃河豚的人来说，这又算得了什么，简直是小巫见大巫了。所以每每见到这种李子，我都要买上几斤。卖水果的是一个四十多岁的妇人，黑红的脸膛，长年的劳作在她的脸上留下了鲜明的印记。妇人热情地说是自家地里产的，叫免费品尝，不好吃不要钱。我问了一下价格，每斤才1块5毛钱，于是就决定称几斤，她又帮我在篮子里挑拣。

付完钱后我才想起，自己是要去开会来着，总不能提着一袋子李子去开会吧？那多不雅！但是我又不想错过这样的美味，正在为难之间，妇人说："要不你就先放在这里，等你开完会了过来再取吧？"我踌躇了一下，但是只能这样了，于是就将付完钱的李子又放到她的篮子里，步行去开会了。

会议结束的时候，已是午饭时间，我惦记着那可口香甜的李子，就选择了原路返回。到石家巷的时候，发现街道边上又出现了许多的架子车，我边走边找，却没有发现那黑红脸膛的妇人。我看到几个城管模样的人在驱逐那些架子车，就想，或许她等不住我，早就走了；或许她等我了，但是看到城管，无可奈何地换了地方；或许她根本就没等我，反正我的钱也付了，李子还在她的篮子里，小小的便宜，不占白不占。

正在这样猜度的时候，我忽然看见了那黑红脸膛的妇人，在架子车队伍的末尾，她也正在四下张望着。我三步并作两步赶了过去。

"我以为你忘了你的李子呢？刚才城管来了，还罚了款，我担心你回来找不着，就一直硬着头皮在等你呢！"

提着那些水灵灵的李子，我忽然就为自己刚才的胡乱猜度感到十分羞愧，那些红里透黑的熟透了的李子，仿佛一只只纯净的眼睛，看透了我落满世俗灰尘的内心。它们又像是一束芳香四溢的玫瑰，让我重新拾取了一些尘世间被忽略了的美德。

回来的路上，我在想，当我们在一次次抱怨这个世界的冷漠与无情的时候，我们究竟主动给予世界多少信任和爱呢？

苹果的微笑

　　阳光从东边的山顶上缓慢地流淌下来，越过屋脊、树梢和昆虫的鸣叫，最后汇聚在半山腰上，洇出一团团的粉与白来，似乎是一条玉带缚住了这个名叫李家山的村庄。

　　那是我家的果园。当然还有满栓家的，满全家的，满林家的，满祥家的……春天的李家山是一个香气四溢的大花园，整个村庄都是香喷喷的，空气里到处弥漫着喜悦的味道。

　　这时候村人要做的事情就是疏花，老家话是"匀"花。我觉得这个"匀"字用得可真是好，为了秋天的丰收，就是要把那些多余的花去掉，让树上的果子也来个"计划"生长，这样可以避免肥力的浪费。

　　小时候看《红楼梦》里黛玉葬花的情节，感觉特别地忧伤，一个怀春的少女，因花伤感时世，平添了许多无常和愁绪。但是在我们村的果园里，匀花的情绪正好与之相反。大家架了梯子，在高高的树杈间，双手来回移动，那些粉白的花瓣随风飘落，犹如一只只舞动的蝴蝶。埂上的一家还和埂下的一家不时说笑着，谈论些柴米油盐的家事，畅想一下秋天的收获，笑声和花香一起在山村里荡漾着。

经过漫长炎热的夏季，果园终于等来了辉煌的10月。去袋之后，那些白净硕大的果实，在秋风里迅速涨红了脸。这时节，是村庄里最忙也最热闹的时候，操着四川、广东、新疆等外地口音的苹果商人穿梭在李家山的果园里，和村人们按质论价，订苹果；三三两两的外地妇女在这里下了车，迅速被村人雇到园子里摘果、分拣，开始她们在果树下快乐的打工生活；载满苹果箱的三轮车穿梭在村里的水泥路上，突突突的鸣叫声从凌晨一直持续到午夜……

这是怎样一种幸福美好的场景啊！

说起来，我家也是村子里最早有果园的人家之一。但绝不是最早收获苹果的人家。

1986年的春天，那时我还上初中，有天下午放学回家，看到一辆绿色的解放牌卡车沿着黄土路轰隆隆开进了李家山。我们一帮孩子拎着书包去大场里看热闹，只见父亲他们在村干部的吆喝下卸东西，一问，是苹果树苗，说是上面免费给村人种的。树苗卸下来之后，大人们围着树苗，蹲在地上吃着烟，鸡一嘴鸭一嘴地谝："咱们祖辈都是种粮食的，谁种过苹果？""等咱们把苹果树种成了，估计就苹果贱得连洋芋都不如了！"不一会，天就黑下来了，大人们各自披着衣服四散回家，只有那些树苗还孤单地在场里一声不吭地蹲着。

晚饭过后，我在做作业，听得大门吱呀一声，瞥见一个人左右手各揽着两捆树苗进了我家的大门，是三爸。父亲招呼他吃烟，兄弟俩在堂屋里拉话，他那时候当小队队长，说种苹果是上面的要求，必须得种。父亲碍于兄弟的面子，应允了下来。

但是第二天，我发现三爸连夜拿来的树苗被丢弃在场院外的烧柴中间。

村里和父亲一样想法的人不在少数。但三爸和村里的其他干部，都将那些树栽到了以前种洋芋种小麦种玉米的地里。像是赌气似的，那些不受待见的树苗居然长得很利索，三五年之后，还真结出了又大又甜的苹果。腊月的时候，三爸和堂兄挑到莲花城的集市上，卖了2000多元，那可是一笔不小的收入啊！那时候我已经考到县城上高中，正是需要花钱的时候，父亲如大梦初醒一般，默默地从集市上买来了树苗，栽起了果树。依赖于那些苹果的帮助，我顺利地从大学毕业，在小城里谋到了一份还算体面的差事。有了比较稳定的收入之后，家里的经济状况也不似以前那般捉襟见肘了，但种苹果却成了父母和村人最重要的生计，每次回家，总会见到父亲和村里的年轻人在一起，讨论打什么防虫农药最合适，什么时候修剪果树最科学，什么时候该涂防果树腐烂的药。进入腊月之后，往年三五成群谝传打牌的人也不见了，村人都在各自的果园里忙活，如果遇到县林业局的果树专家下来指导村人修剪果树，村人都会不约而同地赶了去，那阵势，比过年耍社火还要热闹。

和我的李家山一样，短短数十年时间，昔日静宁南部枯焦的梯田里，山峁上，沟壑边，如今都长满了郁郁葱葱的苹果树。据说，这里的苹果种植面积超过了100万亩，年产值超过32亿元。这些果树不但涵养了水土，改变了气候，还给静宁——这个六盘山下的深度贫困县带来了翻天覆地的变化和新的希望。由于处在农业部划定的北纬35度这个苹果最佳适生优生区，昼夜温差大，这里出产的苹果以质脆、含糖量高、耐储藏而深受人们的追捧。只要说起苹果来，静宁人就一脸的骄傲，仿佛个个都是苹果专家，掰着指头给你讲解：我们的苹果是2008年奥运会指定产品；出口欧盟和东南亚数十个国家；曾经斩获"中华名果"等14个大奖；拥有地理标志产品保护、绿色产品、良好农业规范、中国驰名商标和国家级出口食品、农产品质量安全示范区6张国家级名片……

在静宁流传着这样一句话，上帝手中握有四颗苹果，第一颗给了亚当和夏娃，第二颗给了牛顿，第三颗给了乔布斯，最后上帝一看，静宁人实在太苦了，就给他们一颗最有价值的吧！这些调侃的背后，其实是静宁历届党委政府一届接着一届干，一张蓝图绘到底的精神和魄力，是静宁人咬定青山不放松的毅力和勇气。靠着一颗小小的苹果，这些改革开放以前"吃回销粮、穿黄衣裳、住破旧房"的静宁农民，如今几乎家家户户住上了小洋房，开上了私家车，供出了名牌大学生，一户农民靠苹果年收入二三十万不再是什么新闻，而是稀松平常的事。被苹果改变的，不仅仅是静宁人的物质生活，还有他们的眼界、思想和气质。有年在静宁县成纪文化城举办的果品博览会上，我和几个果农闲聊间,见到几个俄罗斯来的苹果商人,一个果农开玩笑说:"这些俄罗斯人也就能吃起咱们的秦冠苹果,富士苹果他们是吃不起的!"言语之间,是满满的自豪和骄傲。

俗话说得好:"三十年河东,三十年河西"。一颗饱含蜜糖的红苹果,用三十多年的时间,开启了老区静宁人民的生活新模式。如果有一天你路过312国道上的这个小城,请你一定下来看一看,在那黄土高原的深处,在那层层延展的梯田上,那一株株春天里开花、秋天里献出果实的苹果树,在风中欢笑着,望着你,它会给你讲更多这片古老土地上发生的沧桑巨变。

咸菜小记

时间进入农历九月下旬，寒气凝结，万物将枯，地里的庄稼收割结束之后，也是吾乡的农妇们开始准备过冬菜的时候了。

这些过冬菜里面，除了鲜贮的大白菜、腌酸菜之外，更多的，则是下饭的小咸菜。中国人制作咸菜的历史由来已久，大致可以上溯到青铜器时代，到了现在，不分南北地域，都有各自的特色咸菜。如重庆涪陵榨菜、四川冬菜、江苏扬州酱萝卜干、北京八宝酱菜等等。在生活水平相对落后的年代，腌制蔬菜主要为家庭式自制自食，多是为了延长蔬菜的贮藏及食用期来弥补粮食的不足。明人冯梦龙在《醒世恒言·两县令竞义婚孤女》一文里有这样的记载："贾公不省得这饭是谁吃的，一些荤腥也没有……向门缝里张时，只见石小姐将这碟腌菜叶儿过饭。"由此可见，在明代，咸菜已经在江浙一带风行了。而清人袁枚的《随园食单》里面，关于腌菜和酱菜的记述，我数了一下，不下十八条。

咸菜种类很多，辣椒、茄子、蒜头、萝卜、豆角、黄瓜、小蒜……几乎地里长的，都可入坛，成为腌制的对象。

这些咸菜之中，我最喜欢，也最容易做的，是腌辣椒和腌茄子，还有腌小蒜。

我的李家山，地处黄土高原上的丘陵地带，干旱少雨，上个世纪九十年代以前，是不大能种活辣椒和茄子的，后来，由于地膜覆盖技术的普及，种菜问题也迎刃而解。每年春天，父母都要从集市上买一些小苗回来，在院子旁边的空地上，用地膜覆了地垄，栽上几行，通常都是辣椒、茄子、西红柿之类的家常菜蔬。这些秧苗也不见外，吃了农家肥，饮着天雨水，嗖嗖地长。夏天的时候，母亲在地垄间搭起的木架上，就缀满了红彤彤的西红柿、翘着嘴角的辣椒和紫涨着脸的茄子。她和父亲吃不完，除了送给亲戚邻人外，还摘了一袋子一袋子地捎给我们。

到了初冬，最后一茬菜收回来之后，母亲就开始准备腌制咸菜。老家的做法，茄子一般清水洗干净之后，正反两刀，切成四瓣，根部还连着茄把儿。然后就放到笼上蒸熟，待热气散尽变凉之后，将捣好的蒜泥，涂抹在茄子身上，之后就放入坛中，放一层茄子，撒一层青盐，如此往复，直到坛子装满，坛子口再置一青石压住，过上两周，即可食用。

腌茄子肉好吃，但茄子把儿的味似乎更胜一筹，把儿上面的那层皮，筋道，耐嚼，滋味悠长，说是一口香也不为过。

腌辣椒则是将整个的辣椒洗净之后，晾晒，等辣椒内的水分蒸发得差不多了，放入锅中，加入调料，热油炒制，出锅晾凉之后，放入坛中，照例是撒上青盐，再倒入醋和酱油，坛口还是要用青石压住，醋、酱汁得淹过辣椒，避免氧化。过上十天半个月，鲜辣椒的戾气已经荡然无存，辣而不爆，辣中带酸，是很好的下饭菜。

小蒜学名薤白，也称野薤、野葱、薤白头，是有来历的野菜。《礼记》中说："脍春用葱，脂用葱。为君子择葱薤。"春天鲜食，秋季则可以腌制。黄土高原的秋天属于雨季，几场连绵的秋雨过后，小蒜就从洋芋、玉米地田边上冒出来，不几天的工夫，就能长一尺左右。由于无人照顾施肥，小蒜的长势也不一样。勤快一些的乡民，会在天气放晴，土地蓬松之后，跨上篮子，扛上铁锹去挖小蒜。挑茎叶比较粗的小蒜丛，一铁锹踏将下去，连根带起，将挖好的小蒜带回家来，择洗干净，切碎，撒上青盐装入罐中。小蒜比种植的大蒜个儿要小许多，但似乎味道更为神奇，乡人称之为"味道尖"，这种味道不是那种简单直白的辣，而是辣中带着一种扑鼻的香，更趋于温和。冬天吃馓饭的时候捞上几筷子，调入酸菜中，那原本平淡的酸菜，顿时会增味不少。即便是不喜欢吃馓饭之人，这时也会食欲大开，咥上两碗。

乡人腌菜的盐一般不用精盐，而是青颗的粗盐。据说精盐腌制的菜容易烂，而青盐腌制的则避免了这一现象。这样的腌菜一直能吃到来年春天，天气变暖之后，腌菜就无法储存了，即便是没有吃完的，也得忍痛割爱扔掉。

静宁是汉回杂居地方，清真餐馆随处可见。大多清真餐

黄韭试春盘

浙觉东风料峭寒　香蒿

黄韭试春盘

己亥早春父颜

菜圃蔬菜渐长也

己亥三月

乱平制

馆里都有泡椒娃娃菜菜和腌萝卜条儿，尤其是后者，夏天也能吃到，是下面的好菜。辣中带酸，极其爽口，是很好的开胃菜。我曾数次询问其腌制之法，但老板大都笑而不答，真是遗憾得紧。

　　记忆中还曾吃过一道腌花芥，也是难得的美味。

　　我小时候，家中八口人，爷爷奶奶尚在人世，我们姊妹四个，两男两女，给爷爷奶奶端饭的任务就落在哥哥和我的身上。在我看来，端饭是一件无上光荣而"有利可图"的事。那是八十年代后期，似乎家里还有着严格的等级制度，每顿饭做熟之后，先是给爷爷奶奶舀上，由我负责端到堂屋里去，爷爷坐上头，奶奶坐下头，东西相向，围着家里唯一的杏木炕桌就餐，有着很强的仪式感。端饭的时候还得步子保持平稳，不能溢洒出来，不然就会受到爷爷的责骂。

　　父母则和其他人随便端了碗，在屋檐下、门槛上蹲着吃。

　　说端饭"有利可图"，则是因为我要等着给爷爷奶奶填饭，就有了和他们一起吃饭的机会。那时候家境不甚宽裕，爷爷奶奶是家里的长者，他们的吃食和我们还是有差别的，有时候母亲会单独给他们做"白面"（小麦面）的饭食，而我们其他人则是杂粮饭；有时候即便是饭食一样，爷爷奶奶会有下饭菜，家里的其他人则是没有的。每次我将饭端到炕桌上之后，奶奶会从堂屋桌子上的一个粗瓷黑罐里夹出一些"熟菜"来，准备下饭吃。这熟菜，其实就是腌花芥。奶奶看我端着饭碗，眼睛直勾勾地一直瞅着那碟咸碟，就会招呼我过去，夹上几口。腌花芥有一种不同凡响的香味，时隔几十年，当我在电脑上敲下这些文字的时候，似乎还能清晰地感觉到唇齿之间萦绕着它独特的味道。

花芥其实是一种油料植物，但聪明的乡人将他们的创造力发挥到了极致。秋天的时候，村人会将花芥收割回来，剔除黄叶、清洗干净之后，切成半寸来长的小段，然后放在开水里榨熟，团成团，用劲挤干水分，再晾晒之后，就可以入坛腌制。腌花芥不同于其他咸菜的腌制之法，除了必不可少的青盐之外，最主要的作料则是胡麻面。要事先将胡麻置入锅中，文火炒至七八分熟，然后再用石磨拉成细面。腌制之时，将盐和胡麻面撒到花芥上，用筷子拌匀，置入坛中，密封，一周之后，即可开启食用。这样腌制出来的花芥，有一种奇异的辛香，摄人心魂。

这香味，其实是胡麻给花芥注入了新的灵魂吧！

后来我到县城上学，爷爷奶奶也相继离世，乡人也因为花芥产油量少，不大种植，腌花芥也就从我家里绝迹了。

但腌茄子和腌辣椒，还是经常能吃到。父亲走后，母亲一个人在乡下生活，她是一个乐观的人，每天坚持到农场里锻炼之外，把一个人的生活也过得井井有条，活色生香。每年春天都要栽花种草、植些蔬菜。己亥年春节过完，我和孩子们要返城的前一天晚上，母亲知道我爱吃咸菜，就从坛子里掏出许多腌辣椒来，给我装好，一再叮嘱我要用石头压住，不然就会变坏。第二天我们启程的时候，母亲还在车窗外喊着：

"一定要用石头压住，这样才好吃。今年开春了我再给你们种！"

写下这篇文字之后，某日和堂哥聊天，原来我所说的"花芥"其实是大名鼎鼎的雪里红，南方人称之为"雪里蕻"或"春不老"，难怪我对它念念不忘，原来是我孤陋寡闻了！

不由得自哂了一下。

宵夜小记

　　但凡嗜酒之人，大多有酒后吃宵夜的习惯，作为一个资深酒徒，我也概莫能外。

　　最喜欢的是隆冬时节，三五知己，置几碟小菜，围炉小酌。年轻时意气风发，遇到性情相投的朋友，经常会喝得人事不省；不惑之后，喝酒则是为了说话，为健康安全计，酒是须得限量的。三五人，一般是三斤白酒，最后一杯碰完，大家伙脸上是有点变色，但神志尚都清醒。

　　一般是晚上11点左右，酒也喝完了，话也说得投机，但是觉得胃里忽然空出一大截来，彼此交换一下眼神，便心照不宣，立刻换了地方去吃宵夜。在北方，尤其是甘肃平凉、兰州一带的夜市，宵夜的内容一般有烤肉、烤腰子、胡辣羊头、胡辣羊蹄、羊杂、麻食、尕面片儿、素凉面、八宝醪糟等，种类繁多，多以热食为主。

　　这些宵夜之中，我最喜欢的，就是麻食和羊杂。

麻食属于面食，也叫猫耳朵。北人做面，花样繁多，且各有特色，麻食子就是这众多面食中的一个代表，流行于陕、甘、宁一带。麻食子的历史可以追溯到元代，元代饮膳太医忽思慧在他的成名作《饮膳正要》一书中说："秃秃麻食，系手撇面，白面六斤（作秃秃麻食），羊肉一脚子，（炒焦肉乞马），上件，用好肉汤下炒葱，调和匀，下蒜酪、香菜末。"据中国营养学家和美食家考证，如今在杭州、北京、上海、西安等大中城市餐馆里的烩小吃——"猫耳朵"，就是由古代食品"秃秃麻食"演变而来。

麻食子好吃，但做起来麻烦，是勤快人家的饭食。将荞面或者白面和好揉光，擀成一厘米厚的面片，切成一指宽的条儿，再横切成一厘米左右的疙瘩。这时候，就需要主妇们一个个地"搓"。搓麻食是个需要耐心的技术活，性急之人是不行的。搓麻食也分"精"和"懒"两种。旧时人家，会就地取材，找一新做的干净草帽置于案板之上，左手按着草帽，避免它跑动，将面疙瘩放到帽檐上，用大拇指在面丁上轻微摁一下，借着摁劲轻轻搓一下，面就会卷起来，一个带着螺旋花纹的麻食就出来了。懒搓则是直接将面疙瘩放在案板上搓，这样搓出来的麻食没有花纹，缺乏美感。

麻利的主妇，不到半个小时，案板上就摆满了小巧惹人如猫耳朵一般的麻食颗儿。现在，据说发明了做麻食的机器，但我始终觉得还是手工的好吃。手工麻食，味道好自然不必说，单是想着那人一颗颗搓将出来的场景，也是一种享受。

麻食可以烩，也可以炒，夜市上一般都是烩麻食。开水将麻食煮熟备用，然后，将洋芋、木耳、香菇、青菜、豆腐、西红柿等蔬菜切成丁，在锅中爆炒，再加入适量清水，煮沸，将煮熟的麻食放进锅里，调上油泼辣子等各种调料，再撒上葱花和香菜，一碗香气四溢的烩麻食就出锅了。

麻食是家常小吃，汤汁酸辣富含营养，麻食颗儿口感润滑奇特，酒后或者是夜里饿了，用小汤勺优哉游哉地喝上一碗，五脏六腑瞬间都被那味道熨得妥妥帖帖。

除了烩麻食，夜市上我还青睐另一种美食：羊杂。

羊出西北，这是毫无争议的。唐人孟诜《食疗本草》载："河西羊最佳，河东羊亦好。"这大概是古籍中关于羊肉食疗的最早记载。一般认为，羊大为美，一代文豪苏东坡也曾有"剪毛胡羊大如马，谁记鹿角腥盘筵"之句。这样肥美的羊肉，可以泡馍，可以手抓，可以清炖，可以黄焖……即便是羊的内脏，也不浪费，在我的老家一带，也可以做成味道不同凡响的宵夜美食的，就是羊杂碎。

杂碎在西北方言里，是一个不好的词，一般用来骂人，意喻对方人品不是一般的差。乡人为了避讳，将最后面的一个词直接忽略，简称羊杂。说起国人吃羊杂的历史，也是相当久远的。据兰州大学已故教授张孟伦考证，早在汉代以前，人们就发明了烹制羊杂的好办法。古人一般是用沸水将羊胃洗干净，置于汤里煮熟，以椒、姜粉末擦敷其上，晒干便成胃脯，很受人欢迎。《汉书·食货志》甚至记载了有人因为售卖胃脯而发了大财的故事。

到了当下，羊杂俨然已经成了吾乡宵夜的主角。兰州的农民巷、正宁路一带，平凉的南门什字，一到晚上7点钟左右，烤肉店就开始开门迎客。一溜儿的清真美食，外地游客、本地市民、酒徒、刚下了夜班的职场白领……各色人等，陆续到来，人还没到排挡边上，热情好客的回族小伙已经招呼落座："师傅，来点啥？"如果你胃口足够好，你可以点上一把腰子，一把肉……当然，羊杂是不能不点的，特意嘱咐伙计自己的偏好，小二向里面高声喊着："杂碎三碗，肺子少，百叶多！"里面的掌勺师傅高声应答着："好嘞！"

不一会，三碗热气腾腾的羊杂就上桌了。老西北人吃羊杂，先是喝汤，加了油泼辣子的羊杂汤，热量很足，尤其是在寒冷的冬季，一碗杂碎汤还未完全下肚，周身就热乎起来，冬日的寒气顷刻间被驱散。羊杂的主料是羊的心、肝、肺、胃，大都切成薄片；副料是肠、肚、头蹄肉，下锅时要切成细丝和长条。一碗好的羊杂碎，主副料须得齐全。这些部位滋味不同，各有特色，但都不腥、不膻，没有异味。羊头焦香，羊百叶脆，羊肚丝则是外脆里嫩，如果再来一头新蒜下着吃，即便是三九寒天的夜晚，也保证你能吃得荡气回肠，热气腾腾。

家人曾数次劝我："动物的肝脏胆固醇比较高，少吃为妙！"但我不以为然，照吃不误。比起那些拼死吃河豚的人来说，我好这一口，真是小巫见大巫呢，又算得了什么！

　　窃以为，夜市是一个城市不可或缺的部分，也是可以最有味道和最见人气的地方。近些年，有些城市为了所谓的形象，将许多夜市摊点都赶走了，夜晚的街道上，除了光怪陆离的灯光和疾驰的车辆之外，丝毫没有温度可言。去年年底在兰州，晚上和朋友喝完酒，去农民巷一带，结果发现很多小吃店铺都关门了，只有少数的几家烤肉店还在营业，据说是因为某些缘故，那些房产不能对外出租了，昔日热闹的饮食一条街，忽然之间就冷落萧条下来，我最喜欢吃的那家羊杂店也不知道搬到哪里去了，这对一个喜欢宵夜的酒徒来说，是怎样大的打击啊！

　　是夜，闷闷不乐地回到宾馆，开水泡面凑合了一下，因为没有吃上自己喜欢的羊杂和麻食，辗转反侧，几近失眠。

蕨麻猪与刀什哈

　　在我看来，甘南是一个神奇的存在。黄河首曲在这里蜿蜒流过，给甘南留下了水草丰美的大草原，圣洁的雪山与海子，还造就了诸如郎木寺、扎尕那等神奇去处，是许多艺术家、探险者、驴友们的神往之地。在2018年亚洲最佳旅游目的地评选中，甘肃能忝列其中，甘南功不可没。

　　二十多年前，我尚在大学读书，参加《兰州晚报》的征文获了个小奖，得了200块钱的奖金，平生第一次真正意义上的旅行，就是和一个爱好摄影的朋友结伴去甘南，年轻狂荡的心被甘南的风物所深深吸引。工作以后，只要得空，我都会去甘南草原上游荡。除了大气磅礴的自然风景和神秘多样的民族文化之外，甘南吸引我的，还有那里的美食和热情好客的诗人朋友。

　　说起甘南的经典美食来，最吸引我的，当属蕨麻猪和刀什哈。

　　甘南是牧区，这里的藏族人除了养牦牛、河曲马、欧拉羊之外，一些地方还养猪。与其说是养，不如说是"牧"更贴切一些。2013年夏天，在临夏州参加完一个活动，顺道去甘南，诗人扎西才让兄陪我参观完合作的九层米拉日巴佛阁之后，回来的路上，见到许多黑中带着棕色条纹的小猪在山坡上散开来吃草，我开玩笑说："你们甘南的牛壮马肥，猪怎么却是袖珍型的？"扎西才让哈哈大笑："这你就不懂了吧！这是蕨麻猪，自己在草原上吃蕨麻和中药材，长成也就一尺来高，味道香得很呐！"

但那次因为时间仓促，到底没有尝尝蕨麻猪是什么滋味。真正吃到蕨麻猪，是几年之后了。

2016年夏天，儿子李果初中毕业，便计划带他出去走走。正好诗人堆雪和他的妻子从新疆回来，也想去甘南游玩，于是约在了一起，又吆喝了几个性情相投的朋友。两辆车，从兰州出发，第一站直奔甘南州迭部县的扎尕那。我们抵达的时候，已经是晚上8点多钟，扎尕那是一个高大的石山包围着的藏族小村庄。那天晚上停电，藏族小伙贡保扎西骑着摩托车来接我们，待一行人安顿下来，已经快10点了。主人收拾了一桌丰盛的饭菜，就着摇曳的烛光，我看到一碟发黑的肉食，有些犯愁，不敢下箸，便询问主人。贡保扎西用生硬的汉语答曰："火烧蕨麻猪！"那一瞬，几年前和扎西才让看到猪群在山坡上吃草的情景历历在目。于是迫不及待地开吃，蕨麻猪肉质细嫩，皮薄而膘厚适度，越嚼越有味，那味道，似乎还带着一种奇异的中药味。我赶紧招呼大家动筷子，不一会，一盘火烧蕨麻猪肉就被我们风卷残云，狂吃殆尽。

为什么蕨麻猪有那么好的味道？询问之下，贡保扎西自豪地说，这猪可是大有来历的，据古藏文记载，吐蕃王朝时，蕨麻猪是古代藏族蕃王及土司等贵族享用的贡品，吐蕃王松赞干布向唐朝请婚时的贡品之中，就有蕨麻猪。唐太宗许嫁文成公主，文成公主进藏后对高原上粗糙的食物很是不惯，唯独对"火烧蕨麻猪"大为青睐，并美誉其为"人参肉"。改革开放的总设计师邓小平去甘肃的藏族聚居区，就曾专门要了一道"烤蕨麻猪"，吃后大为赞赏。

看我们吃得津津有味，贡保扎西兴奋之情溢于言表："我们的猪，吃着草原上的中草药，喝着雪山上流下来的矿泉水，连拉下的，都是六味地黄丸呐，味道那是这个！"

他边说边自豪地竖起了大拇指，我们一行酒足饭饱，也朝他竖起了大拇指。

吃到刀什哈，也是那次旅行返回甘南藏族自治州的首府合作的时候，诗人牧风做东，邀请我们去合作附近的当周沟生态园。

说是生态园，其实是在当周草原上搭起了许多白色的帐篷，供游客歇息和就餐。在我们去爬山的路上，牧风有些神秘地对我说："今天下午让你们尝一道硬菜，咱们好好喝一场！"我估计他所说的硬菜，无非是烤全羊什么的，如今很流行，也并不在意。

一行人看完了蓝天白云野花和流水，吹足了高原上的凉风，从山上下来的时候，肚子开始咕咕叫唤，我们到一个藏包里坐定，就开始上菜。忽然，我看到传菜的藏族小伙端上来一个圆滚滚的东西，直径一尺左右。正狐疑间，只见那人熟练地用小刀将外面的一层皮囊迅速划开，里面是热气腾腾的肉块，似乎还有拳头大小的圆形石头，一股强劲奇特的香味扑鼻而来。牧风热情地招呼大家动筷子："这是我们甘南有名的刀什哈，大家不要客气，赶紧尝一尝！"

原来他说的硬菜就是我心仪已久的刀什哈啊！在几个外地女诗人还在犹豫的时候，我已经迫不及待地下箸了。这肉是现宰的羊肉，入口酥烂，还带有一种独特的石头味道，简直是妙不可言。

刀什哈也叫"石炙肉"，是玛曲一带著名的美食。据说是以前的马帮和土匪发明的，是他们的看家菜。这些人一般在外游荡，长途跋涉，不好带炊具，需要补充能量的时候，他们就地取材，在草原上随便找一只羊，宰杀了，将剁成小块的羊肉放入洗净的羊肚之中，撒上调料，然后取几块洗干净的河卵石，放在牛粪里烧，等石头烧到七八百度之后，就将石头一个个置入羊肚里，迅速将羊肚扎紧，然后用劲在羊肚上来回揉搓，这揉搓是个技术活，得让里面的肉和石块充分接触才好。这个密闭的羊肚，仿佛一个高压锅，羊肉在石头的贴身烘烤之下，水分被完全逼了出来，又不带一点点油腥，变得烂熟可口，风味十足。

牧风说，刀什哈做起来比较费事，是藏地接待贵重客人的食物。说话间，他开始献上哈达敬酒，人是藏族汉子，肉是草原肥羊，酒是青稞美酒，此时此刻，客气感谢之语倒显得多余了，直接端起银碗开喝就是！

藏族礼数：见面三碗酒，一轮酒刚敬罢，又是一轮……不一会，诗人堆雪已经面若关公，倚着凳子低头呼呼睡去。

毫无例外，我那日肯定也是喝大了。

从甘南回来之后，就再没有吃到过蕨麻猪和刀什哈。每次翻看在草原上游荡的照片，内心就充盈着强烈的怀念和冲动。可以肯定的是，在那天高地阔的草原上，看着星星点点的牛羊，听着悠长的牧歌，喝着地道的青稞酒，品尝这些奇异的美食，纵然你有万千烦恼，不知不觉中，你的身心也会获得彻底的安慰与松弛。

蕨麻猪和刀什哈，让我增添了一个热爱甘南的理由。

大地之耳

亲戚从乡下来，进门递给我一包黑乎乎的东西，一看，是地耳。"知道你爱吃这个，冬天没事，就去荒坡上拾了些。"

我大喜，担心捂坏了，赶紧倒出来在阳台上晾晒，尚未完全风干的地耳边缘微微翘起，似乎在朝我微笑。

地耳也叫地软儿，学名叫作"雨来菇"，不过它还有一堆很洋气的别名："情人的眼泪""天使之泪""上帝之泪"等等，是一种真菌和藻类的结合体，乡人则一般称它为"地软儿"，这个儿化音，生动地喊出了它可爱的形态。

菌类是南方及其草原地方的特产，是很挑剔的物种。南方丰沛充足的降雨给予了各种菌类大显身手的好机会。数年前，读汪曾祺先生的《菌小谱》一文，看到老先生写他小时候跟奶奶去尼姑庵吃到的香蕈饺子，馋得我口水直流。汪先生是江苏高邮人，高邮不但有著名的咸鸭蛋，还盛产各种菌子，但那时我只有望书兴叹的份儿，直到去年夏天去文山参加花脸节，才有机会吃到一些这辈子都没有见过的菌类，什么鸡油菌、干巴菌、鸡枞、松茸……云南是菌类的王国，各种珍菌数不胜数，既开了眼界，也算是狠狠地过了一把吃菌的瘾。

地软儿是菌类中朴实厚道的一个，它不挑地儿，在我干旱少雨的李家山，居然到处都能看到它的身影。老家的秋天进入雨季，地软儿开始悄悄生发，附在地表生长，童年期的地软儿细小、嫩弱，不易捡拾。拾地软儿最适合的时节是冬季，几场大雪过后，天也放晴了，向阳的苜蓿地、荒地上，雪开始大片大片融化。经过一个秋天的生长，这时候的地软儿已经足够肥大，且被刚刚融化的雪水泡软，捡拾的时候不易破碎，手快的妇女，一天能捡好几斤呢。

我小时候赶着羊群，几乎把村庄附近五里以内的沟峁山梁都逛遍了，哪些地方有水，哪些地方有草，我都烂熟于心。因此，寒假出门放羊的时候，母亲就会叮嘱我随身带一个小笼子，让我顺手捡一些地软儿。

冬天的苜蓿地里，山坡上，杂草不是很长的地方，俯下身来，就会发现一窝一窝的地软儿，像一簇簇黑色美艳的花朵。常常是下午，羊们四散开来吃草，我无事可做，就边晒着太阳边捡地软儿。那是一段安静朴素的乡村时光，有时候拾地软儿累了，抬起头来观察羊群的时候，看到头羊褐色的眼睛也正在望着我。然后我就继续低头寻地软儿，羊则继续低头吃草，两下相安无事。

但偶尔也有例外。有次捡了满满一笼子之后，就和放羊的小伙伴一起玩，谁知趁我不注意的时候，一只好事的羊一嘴颠翻了装地软的小笼，小笼顺着山坡滚动，等我费了九牛二虎之力抓住的时候，笼子里的东西已经所剩无几，我只好重新拾了一遍。但那时候天色已经暗了下来，我才捡了小半笼，怕回去被母亲责骂，快进门的时候，就故意将地软弄得蓬松一些，这样乍一看上去，笼子好像是满满当当的。

因为心里有鬼，我那晚草草应付了一下肚子，就一溜烟出门玩去了。等我回家的时候，母亲已经睡了。

捡回来的地软儿，需要仔细地挑选和淘洗，有时候拾得粗心，保不准地软里会藏着那么三五个羊粪蛋呢！将里面的杂物挑出来之后，再用清水洗上好几遍，直到水清澈了，地软儿才算是洗干净。淘洗干净的地软儿，为了防止变质，一般会放在簸箕或者其他大一点的器物之中摊开来，风干，很像黑木耳的样子，待到需要吃的时候，在袋子里随手抓上一把，用凉水泡开即可。

陇东一带的人吃地软儿，一般是包包子和做搅团。都属于庶民的美食，做法也比较简单。

先说地软儿包子。将洗净的地软儿切碎，再和上豆腐丁和肉丁，调料拌匀之后，就可以用擀好的面片包起来上锅蒸熟，热乎乎的地软儿包子，蘸上调了醋、蒜泥和辣椒的汁儿，酸辣中带着地软特有的香味，口感糯软，拳头大的包子，我一口气能吃十几个。时下，陇东一带的菜馆，不论大小，都有地软儿包子这种小吃，每次和朋友聚会，我都要点上，且百吃不厌。但菜馆里的地软儿包子，豆丁和肉太多，地软儿太少，味道似乎也淡了许多。

三妈是做地软儿包子的好手，每年过春节的时候，她都雷打不动地要蒸好几笼，年三十的晚上，就会差孩子们给我送一些。有次我曾问她："为什么您做的地软儿包子就这么好吃呢？"她笑着回我："可能是你从小吃习惯这个味道了吧！"我觉得她说得对，又好像不对。我曾开玩笑说："您老人家要是到城里开一个地软儿包子店，肯定能赚钱。"

后来总算想明白了，三妈的地软儿包子好吃，是因为里面的地软儿放得足的缘故。

地软儿的另一个家常吃法，是做荞面地软儿搅团。

荞是中国本土最古老的食物之一。最早的荞麦实物出土于陕西咸阳杨家湾四号汉墓中，距今已有2000多年。但中国真正开始大范围种植的时间是在唐朝，唐代出版的《齐民要术·杂说》中就有关于荞麦的记载，其中《齐民要术·大小麦第十》提到的"瞿麦"即荞麦。

荞麦浑身是宝，荞面性凉，又有诸多医学功效，是老少咸宜的食物；荞皮是北方人做枕头的重要填充物，这种枕头可以理气血；荞麦秆不仅是烧柴，还是旧时碱面的主要原料……因了这些缘故，荞麦在北方是最受乡民欢迎的植物之一，广泛种植。老家关于荞麦面的做法，有荞面油坨、荞面节节、荞面疙瘩、荞面搅团等等。

母亲是做荞面地软儿搅团的好手，由于小时候耳濡目染，我自己也掌握了这个技艺。大火将水烧开，右手持擀面杖，左手抓荞麦面粉（可和少许白面），擀面杖在锅里顺时针不停地搅动，边搅动边将面粉匀速撒下。如此反复，左右开弓，直到用擀面杖捞起锅里的面，能吊住线。面团的黏度可以的时候，就盖上锅盖，小火熬熟。这当儿，就可以着手准备汤料。将胡萝卜、洋芋擦成丝，豆腐切块，当然，主角地软儿是不能缺席的。将凉水泡开的地软儿切小，然后热油，葱姜蒜末下锅，待炒出香味之后，迅速将地软儿、胡萝卜丝、洋芋丝等一股脑倾倒锅中，大火翻炒，加上少许老抽及其他调料，七八分成熟之后，就加上水烧开，再调入用葱花炝过的手工醋，地软儿搅团的汤汁就做成了。

另一边的锅里，荞面搅团经过文火的作用，已经完全熟透，用锅铲刮铲到碟子里，小山一般，碗里盛上汤汁，调上油泼辣子和捣烂的蒜泥，就可以一饱口腹之欲。有次一个外地的朋友来，我做了荞面地软儿搅团，他不知道怎样吃。我给他示范：筷子用力将碗里的搅团夹成一寸见方的小块，和地软汤汁吸溜着一起吃。地软绵软可口，带着锅巴的荞面清香柔韧，汤汁酸爽，一碗搅团下肚，朋友的额头上已经冒出了一层细密的汗珠，但还嫌不过瘾，大呼好吃，"再来一碗！"

现在，由于温室技术的普及，交通物流的快速发展，即便是在我居住的小城里，也有时令新鲜的蘑菇售卖，火锅店里也能吃到各色的菌类，但这丝毫不影响我对地软儿始终如一的热爱。过上一段时间，我都要亲自下厨，蒸上一笼地软儿包子，或者做一顿地软儿搅团来慰劳一下自己。

这简单庸常的生活，因为地软儿隔三岔五地滋养，竟也能生发出许多的满足与美好来。

驴肉小记

朋友说街上新开了一家驴肉馆，"味道不错，门庭若市呢，要不咱们也凑热闹尝尝去？"

戊戌年三九的第一个周末，窗外，雪花洋洋洒洒，正是白乐天诗《问刘十九》中"晚来天欲雪，能饮一杯无"的意境，心下想着也附庸风雅一回，便揣了两瓶天水朋友送的玉米烧酒，施施然去了。

小店门脸不大，上下两层，下面是散客，七八张桌子，挤满了吃得龇牙咧嘴的人们；上面是雅间，也只有三五间的样子，周末人多，因为朋友早早打电话预定了，才找了个靠窗的包厢。惊讶的是，这屋子里居然生了炉火，烧水壶正在炉子上嘘嘘冒着热气，进门的瞬间，竟有了归家一般的感觉。虽然现在是暖气一统天下的时代，但若是小酌，我还是喜欢围着炉子，似乎更能让人进入吃酒的氛围。

坐定之后，服务员拿上菜单来。仔细研究了一下，有红烧驴板肠、驴肉小炒、土豆烧驴肉、手抓驴肉、烩驴杂、驴肉泡馍等十多样菜品，遂点了看家的板肠和小炒，要了水煮花生米和几个下酒小菜。等菜的当儿，开了酒，放在炉子上的暖壶里烫。冬日小酌，酒还是烫一下最好，冰酒喝得时间一长，据说手指就会发颤。又朝服务员要了馒头，掰成几瓣，放在炉子上烤，一会的工夫，表皮已经焦黄，朋友们都纷纷抢食，据说这烤馍是治疗胃寒的良药呢。

等酒烫好的时候，馍也吃完了，热气腾腾的驴肉小炒也上桌了，一块红烧驴肉伴着土豆粉条入口，不柴不腻，老嫩适中，果然不错！再来一块青椒爆炒的驴板肠，脆而耐嚼，没有丝毫腥膻之味，可谓是"其名粗俗，而其味至美"矣。

就着这可口的驴肉，看着窗外愈来愈紧的雪，和朋友们频频举杯，不一会，就有点微醺的意思了。

乡人有谚云，世间好吃者，莫过于"天上龙肉，地上驴肉"。龙肉是啥？不知有没有人吃过，反正我是没有，但吃驴肉的经历，自小就有。

在中国大地上，尤其是在北方，驴大概是最早被驯化家养的牲畜之一。文献记载，中国的家驴，乃是公元前数千年以前，由亚洲野驴驯化而来。在公元前4000年左右的殷商铜器时代，新疆莎车一带已开始驯养驴，并繁殖其杂种。约在公元前200年的汉代以后，就有大批驴、骡由丝绸之路进入陕西、甘肃及中原内地，渐作役畜使用。我的老家属于陇东，应当是驴最先进入的地区之一，这里的驴主要是关中驴和凉州驴。关中驴因其高大，力量好而受乡人的喜爱，凉州驴个头虽然小，但是耐力好，也是耕地驮运的主要选择。

在那个经济还不发达，机械还没有完全普及的年代，陇东乡间，驴是农户们最重要的财产。一头驴刚生下来，就当宝贝一样对待。乡人给它草料、梳毛、洗澡，还要经常给它刮蹄子。长到一岁多，被带上笼头驯化之后，就开始了它勤勉的一生，冬春两季，帮助人们把粪土运到田地里，夏秋则把收获的庄稼驮回来。驴白天要耕田，晚上也不能闲着，还得被蒙上眼睛拉磨……驴一般是温顺的，但偶尔也会发一下脾气，那肯定是见了邻家漂亮的小母驴的时候，嘴里会吐着白沫，任凭主人鞭笞哄赶，也只是嗷嗷叫上几声，在主人的拉拽下无奈地走开。即便驴这样厚道卖力，在乡人眼里，也没落下个好名声，说谁的脾气不好，说"你这驴脾气"；说谁的脸色不好看，就是"拉着个驴脸"；倘若和谁闹翻了，也要来一句："那驴 X 的"；说谁事情做得不方正，也会说"你看那干的驴事"……一头驴活到十几岁，就进入了风烛残年之时，这时候，作为畜力的驴已经力干汗尽，因为给主人出过大力，和主人有了深厚的感情，主人一般是不会亲自宰杀取食的，但也不能白白养着，耗费粮食和草料，等着它们的去处一般是集市和肉联厂，所谓"卸磨杀驴"，大概就是这样得来的。

乡人食驴，只有一种例外，那就是"打平伙"。

打平伙是方言，一般是正值壮年的驴、牛、骡、马等大牲畜，因为一些意外事故（譬如翻车，或者跌落悬崖）而死亡了。

主人自己不忍心吃，也吃不完，就会请人剥了，将皮子留下，其他的骨肉，就分给村民们。每户不拘多少，都能分得一点，在那个物质困乏的年代里，这种分食方式，既打了牙祭，也联络了乡人彼此的感情。

我第一次吃到驴肉，就是因为"打平伙"。大概是初中二年级的暑假，麦收时节，村里老张家的一头大黑驴拉着满满一架子车麦子从坡上下来，那驴被前面忽然跑过的一条野狗惊了，狂奔起来，老张一看形势危急，刹不住车，急忙撒了手，从架子车前面钻了出来，等他回过神来的时候，那黑驴和架子车已经跌落到了几丈高的地埂下面。两腿发软的老张走到驴跟前的时候，黑驴的大眼睛正绝望地看着它，还流出了眼泪，腰腿都折了，已经气若游丝。老张看形势已经不行了，叫儿子来喊我父亲。

"毕竟养了一场，自己不忍心吃，把皮子留下，做个念想吧！肉给大家分了……"他有些伤感地给我父亲交代一下之后，就长吁短叹地回家了。

那晚的李家山，到处飘荡着驴肉奇异的香味。我们家也不例外，父亲拿回来的驴肉，只是简单用开水煮熟，然后用清油和葱花炒了一下，就征服了我们清贫的胃。多年之后，当我在电脑上敲下这些文字的时候，似乎还能清晰地品咂到驴肉入口的香味，简直是口齿生香，连绵数十年而不曾淡去。

再后来吃到驴肉，是工作之后，去敦煌。

敦煌除了举世闻名的莫高窟和月牙泉之外，还有一道远近闻名的地方小吃："驴肉黄面"。我曾和一些诗人朋友开玩笑说，如果写诗没有去过河西走廊，那就不算诗人；如果去敦煌，没有吃过驴肉黄面，那也等于没有到过敦煌。

2014年8月，陪两个外地的鲁院同学去敦煌之时，专门尝了一下百年老店"顺张黄面馆"的驴肉黄面。敦煌莫高窟第156窟（宋）壁画上就有制作黄面的生动场景，可见其历史悠久。黄面选用上等小麦粉，和面时不用烧碱，而专用一种名叫梧桐泪的碱，旧时，以哈密黄芦岗的梧桐碱最好。敦煌和哈密相近，也算是因地制宜吧。和好的面经拉面师揉、撬、甩条等多种手工工序精心制作，煮熟后的面条略显黄色，故称其为黄面。匀称、筋道、透亮的黄面调上用香菇末、驴肉丁、水豆腐等做成的香菇酱汁，汤汁浇在黄面上，瞬间会弥散起一股醇香和香菇的甜味。闻着那味道，纵使你是久食鱼米的南方人，也不禁想尝一口。一筷子黄面，再来两片风味独特的酱驴肉，一荤一素，好滋味就全都有了。

一碗驴肉黄面吃罢，再来一个敦煌本地的西瓜，可以说是完美。敦煌接近新疆，昼夜温差大，日照时间长，西瓜都是沙瓤，多汁，贼甜。返程的时候，一个吉林的同学说驴肉黄面没法带，就带两个敦煌的西瓜回去给她母亲吃，她说那是她吃过最甜的西瓜。

如今，我的老家基本不养驴了，村民都买了三轮拖拉机和旋耕机，在陇东生活了数千年的驴，退出了乡人的生活。去年回家时我考察了一下，李家山的最后一头驴是村民张玉成家的，2006年11月卖给了莲花城的驴贩子。2018年11月，我和朋友在山丹军马场游玩时，曾见到一群黑背白唇的驴在山坡上自由吃草，朋友说是德州驴，看到驴的那一刻，内心居然闪过一些亲切和温暖来，远远地，给它们拍了几张照片，作为纪念。现在驴肉馆里售卖的驴肉，大多是从河西一带运来的，说不定就是马场的那一群呢。

扯远了，那日和朋友在驴肉馆吃罢，趁着酒兴回家时，给老板一个建议，可以选一些关于驴的诗画装饰一下，似乎更能发扬一下"驴文化"。虽然驴的名声不大好，但以驴入画入诗，古往今来，数不胜数，是一番雅事。陇上著名画家李宝峰曾受教于国画大师黄胄，以画驴闻名，他笔下的毛驴骨中有肉、肉中有骨，笔墨生动，形象活泼。朋友裸穗曾给先生数张毛驴照片，而先生赠他以毛驴画作而传为美谈；会宁诗人牛庆国先生也以一首《饮驴》而蜚声诗坛。数年前，我曾以一把1980年底的紫砂壶换得乡贤刘文林先生的一幅毛驴图。

都是一些与驴有关的闲事。

古人讲，"肉食者鄙"，吃了驴肉，总觉得对不起驴，有些心虚，就在这里为驴说几句好话，也是应该的吧！

焖　面

　　春天的时候，一个旅居苏州的甘肃朋友说："想吃焖面了！"我大笑："你是太湖里的鲜美鱼虾吃腻了，才想起焖面这穷人家的饭食了吧？"

　　他在那边幽幽地叹气："那可是小时候的味道呐！"

　　焖面是乡里的叫法，我查了一下字典，"焖"字是"尽"和"暴晒"的意思。如果和食物联系起来，我倒觉得第二个解释能沾上那么一点。但在吾乡，焖面不是"暴晒"出来的，而是蒸煮而成，其做法，倒是和"煨""焐"的意思更相近一些。

　　甘肃人，尤其是静宁、庄浪、通渭一带的农家，大都有吃焖面的经历。

　　春风含情，春雨有义。清明前后，黄土高原的山梁沟峁上，就钻出许多鲜嫩的芽苗来。对于吃了一冬腌菜微饭的乡人来说，春天的到来，意味着可以大张旗鼓地换换口味了，用俗语说是"换青"。下地干活的当儿，主妇们都会顺手挖一些蒲公英、马兰头、苜蓿、苦苣、薤白、荠菜等野菜。这些时令鲜蔬，各有用处，有的可以凉调，有的则适合做馅饼和饺子，有的，还可以做成焖面。

最常吃的焖面，是苜蓿焖面。

乡人玩笑：焖面是懒人的饭食，做法也不甚讲究。苜蓿芽从地里剜回来之后，需要仔细挑拣和淘洗干净，放入淡盐水中浸泡一两个小时，这样做，主要因为苜蓿毕竟是野生的，要用盐水清除苜蓿叶芽上沾染的杂质。浸泡苜蓿的间隙，主妇们会将洋芋、肉臊切丁，加葱姜蒜，炝炒，旋上适量水，再将苜蓿捞出来，摊薄，放在洋芋丁上面，苜蓿的上面再覆一层面，这面可以是干面粉，也可以是切丝的手工面，就看主妇的勤劳程度了。之后，锅盖盖上，灶膛里不断填入柴火，十几分钟的工夫，一锅香喷喷、油浸浸的焖面就出锅了！用筷子搅匀，盛上一碗，苜蓿青绿，面色黄亮，光是颜色就很吸引人了，如果再调上一点油泼辣子，配上一碟可口的小菜，就是一顿不错的主食。大多农家汉子，则是盛了饭之后，右手端碗，左手就一根新挖的羊角葱，一口葱，一口面，也能吃得肚皮滚圆，口舌生香。

但再美好的食物，也不能顿顿吃，乡人一般是隔三岔五吃一顿，焖面是比较实诚的硬饭，可以抵御农活繁忙时候带来的巨大体力消耗。

苜蓿吃腻之后，榆钱儿也下来了，也是可以做焖面的，做法大致相同，偏甜。

我吃过最好吃的焖面，是槐花焖面。

到了农历四月，李家山的槐树上就吊满了一嘟噜一嘟噜的槐花儿，整个村庄弥漫着甜蜜的味道。放蜂人开着卡车从四面八方赶来，在公路旁的山坡上安营扎寨，开始他们甜蜜的营生。我上初中的时候，有天下午放学回家，路过一个放蜂人的帐篷，偶尔瞥见他们在用槐花做饭，感觉很是稀奇，回来给奶奶学说起来，奶奶说"那还不简单，你去树上折些槐花来。"

折槐花对十几岁的乡村少年来说，简直是举手之劳。我爬到门前的大槐树上，不到几分钟的工夫，就折了满满一笼子芳香四溢、洁白如玉的槐花。那天晚上做梦，都是槐花焖面香甜的味道。

第二天中午放学，馋虫勾着我，不敢在路上玩耍逗留，急匆匆赶回家来。如我所愿，平生第一次吃到了槐花焖面。北人喜食酸辣，槐花焖面则让我对甜食有了直接的印象。那种甜，不是浓烈的，而是淡淡的，又是持久而耐人寻味的，吃一口，再吃一口，那芬芳就慢慢渗入到你的肺腑和血液之中。

父亲看我吃得香，摸着我的额头说："唉，你这娃，是没吃过苦呐！"

旋即，父亲边吃边讲起吃焖面的往事。说是三年困难时期，陇东、陇中一带爆发了大饥荒，饿了一冬的人们，开春的时候见到能吃的东西，都会想方设法塞到肚子里。因为没有面，就将野菜、野花采回来之后，用开水焯熟，拌了糠吃，菜多糠少，一个春天吃下来，要闹几回肚子，人走起路来也摇摇晃晃。他们这一代人，对苜蓿、榆钱儿、槐花这些食物的感情是极其复杂的，一方面，觉得这些朴素的植物曾经救过他们的命，心存感激；另一方面，生活好转之后，吃这些东西，会勾起他们对那一段艰难日子的痛苦回忆。在"苦"和"甜"之间，在他们的内心里，永远隔着一道让人纠结叹惋的鸿沟。父亲说，如果顿顿有白面馒头和长面（小麦面条），他是万万不会吃槐花烙面的。

后来翻《静宁县志》，看到三年困难时期许多乡民因为没有食物而丢了性命，我才算真正理解了父亲所说的"苦"是什么。

即便是烙面承载着陇东一带乡人沉重的记忆，时下，在这个幸福感爆棚的时代，简单朴素的烙面也没有绝迹，倒成了许多农家餐馆饭桌上不可或缺的一道风味小吃。最常见的，是洋芋烙面。和传统的烙面相较而言，洋芋烙面似乎是改进版的美食。将洋芋洗干净，擦成丝，然后置入清水，再捞出来，放在干面粉里，来回搓动，直到洋芋丝浑身沾满面粉为止，再加入清油、精盐、调料拌匀，上笼蒸熟，这样做出来的烙面，像小鱼儿一般，条理清晰，不糊不腻，口感极佳。

不同经历的人，对于同一类食物的态度，也是不一样的，一种态度的形成包含了各种因素在里面。今年清明，从老家带回了一些苜蓿，忽然心血来潮，想做一顿烙面吃。儿子上高二，妻子每天变着花样给他做吃的。她担心孩子不同意，就征求他的意见。小家伙倒是爽快，说做了尝尝嘛。烙面上桌之后，他吃了半碗，还剩半碗，就撂下碗去做作业了，我和妻子面面相觑，无言地笑了一下。对00后的这一代孩子而言，食物还没有承载更多的记忆，只是秉承着"好吃了就多吃点，不好吃就少吃一点"这一朴素道理，我们无法强求他们更多。

近日翻书，看到汪曾祺先生编的《知味集》里，收录了著名剧作家吴祖光先生的一篇文字，说是他在北京想念青年时期在老家吃过的窝窝头，让老家来的小保姆用棒子面做了来吃，但始终做不出那个形状，也吃不出那个味道。

读到此处，不禁拊掌，会心一笑。

下
辑
花
色

炒炮与搓鱼子

　　数年前，我在兰州的一个小巷里游荡，无意间看到一块饭店的招牌，黑底金字，张牙舞爪，很是霸气，上书："张掖炒炮"。那一刻有点发蒙，"炮"怎么可以炒呢？巨大的好奇心攫住了我，想一探究竟，但因为临时有事，不得不遗憾地离开。

　　后来问张掖的朋友，才知道"炒炮"原来是当地独有的一种面食。

　　丝路重镇张掖，坐落在河西走廊之上的历史文化名城。汉武帝元狩二年（公元前121年），骠骑将军霍去病进军河西，战败匈奴，浑邪、休屠二王率众归汉。汉元鼎六年(公元前111年)，置张掖郡，取"张国臂掖，以通西域"之意。自古以来，由于祁连山的雪水浇灌，中国第二大内陆河——黑河的滋养，张掖就是甘肃的粮仓，有"银武威，金张掖"之说。这里种植的小麦、玉米等农作物质地优良，口味绝佳，孕育了丰富的饮食文化，"炒炮"堪称其代表之作。

而我真正吃到炒炮，是几年之后了。

2018年秋天，我从敦煌漫游归来，途经张掖的时候，王国斌等几个当地的诗人朋友约酒。河西走廊也称"河西酒廊"，我去过几次，那里的酒风过于彪悍，我心里有点犯怵，但因为心里惦记着炒炮的事，便断然决定中途下车。黄昏时，国斌开车来火车站接我，办好宾馆入住手续之后，问我想吃什么，我脱口而出："就炒炮吧！"国斌近视镜后面的小眼睛闪烁着诡异的光："那怎么行，来张掖不能就吃一碗面了事！"我说："这可不是一般的面呐，我已经垂涎数年啦，你不让我吃一碗炒炮，我今晚就拒绝喝酒！"

在我胁迫央求之下，国斌和张长品等几个朋友终于同意带我去吃"孙记炒炮"。

一行人拐弯抹角，来到面馆的时候，里面已经座无虚席了，听国斌他们讲，张掖的炒炮面馆众多，但数"孙记"最为有名，历经两代人三十多年的经营，已经是张掖本地著名的品牌了。我们好不容易找了个地方落了座，看周边的食客都吃得津津有味，一副惬意过瘾的样子。馋虫迅速在我的喉咙里蠕动，等饭的当儿，没办法，只好专心研究起墙壁上关于炒炮的介绍来。

"炒炮"其实是"炒炮仗子"的简称，因为面条似炮仗而得名。"炒炮"的做法也很讲究，选张掖本地上好的小麦面粉和成面团，在盆里醒半个小时后，将面团搓成30至40厘米的长条，置于托盘内，刷上一层清油，再覆上柔软的湿布或塑料布进行二次醒。二次醒面时间比较长，依据季节气温的差别，控制在半小时到一小时。经过二次醒后，面条变得光滑而富有弹性。这时候，厨房的师傅们就将面条抻到筷子粗细，用手揪为寸段，入锅煮沸，并拌入豆芽、小白菜等鲜蔬。与此同时，将切为小粒的豆腐用卤汤炒熟，面煮熟捞出后迅速与卤水豆腐汤、红辣椒、皮牙子等炒均匀，大碗盛出，上面覆一层卤肉，一碗地道的"炒炮"就算做成了。

张掖炒炮的灵魂在于卤肉和卤汤。卤肉制作极为繁杂，要选用上好的大肉，洗净，切成十多厘米见方小块，加入调味品、中药材等作料，用老卤汤文火慢炖好几个小时，熟后切片，用卤汤相拌，卤肉肥而不腻、浓香四溢。如果说面段是炒炮的根本的话，那么卤肉就是炒炮的灵魂。

正在看得有些入迷的时节，国斌喊我："你的炒炮来啦！"

我打眼一看，只见那炮仗一般的面条色泽油亮，安静地挤作一团，又有红辣椒、绿菜、皮牙子等作为陪衬，未尝其味，先观其色，就让人心花怒放，食欲大开。顾不得斯文，卷起袖子开吃。这炒炮，面段滑爽，卤肉肥而不腻，果然是名不虚传呢！不到几分钟的工夫，一碗炒炮已经被我吃得精光，随即，又喝了半碗面汤，那种肺腑之间的妥帖，怎是一个爽字所能形容的！作为一个地道的北方面食主义者，算是狠狠见识了一下炒炮的诱人之处。

据国斌他们讲，张掖人对于炒炮的感情，约等于兰州人对牛肉面的感情。张掖本地人，每年冬至这一天，都是要吃一碗炒炮的，这近乎一种仪式，但也有着现实的意义。张掖的冬天是极其寒冷的，而一碗热气腾腾、面肉相间的炒炮，能为人们带来身心的安慰与温暖。

看着我心满意足的样子，国斌眼镜片后面诡异的目光再次闪烁起来，说："咱们换地方吧！"只好从了他，换了个小酒馆，开喝。不出意料，我是被放翻了，迷糊之中，我才意识到他眼睛里的意思，但那时已悔之晚矣，旋即，人事不省，一觉睡到天明。

第二日早上，逛完张掖大佛寺，已是临近中午时分，因为头天晚上喝了大酒，胃里难受，饭后还要赶车，国斌提议说："你既然喜欢面食，咱们就吃一下搓鱼子。"一听这名儿，我立马来了兴致，胃里也似乎不那么难受了。

国斌开车，带我们到了一家面馆，店面不大，但和孙记炒炮一样，照例是人满为患。一会的工夫，炒搓鱼子就上桌了，我观察了一下，大致和炒炮差不多，但搓鱼子更具美感，中间粗，两头细，吃起来，口感也是迥异的。搓鱼子似乎更滑溜一些，刚送入口中，哧溜一下就滑进了你的胃里，似乎和我老家的凉粉鱼儿差不多。看我吃得起劲，女诗人王林涛停下了筷子："我可是搓鱼子的高手呢，喜欢了，下回来，我亲自给你下厨做一顿！"我好奇这食物是如何做成的，林涛说，做搓鱼子，得有左右开弓的功夫，双手必须协调。面醒好之后，切成枝头粗细的条儿，左手执面，右手在案板上轻轻搓摁，就成鱼儿形状，手快的主妇，三五分钟工夫就能搓一堆，下进锅里，面节儿似鱼儿一般在沸水中起起伏伏，光那景象，就能勾起人的食欲来。

看她说得神色飞舞，越发觉得这眼前的面食真是好吃。

在我猛吃的当儿，国斌眼镜片后面又开始闪烁那诡异的光芒："要不，咱们再来几杯?"吓得我连连摆手告饶，他才勉强放过了我。

从张掖回来之后，似乎再没吃过那么好吃的炒炮与搓鱼子，偶尔去兰州，看到有售卖的餐馆，但我终究还是没有进去。同样的食物，在不同的环境，和不同的人吃，味道是截然不同的。张掖的一碗面，似乎也从一个侧面折射出了河西人憨厚、踏实、热情的品格。那晚喝的什么酒忘了，但国斌眼睛里的诡异之光，一直在我的心里闪烁着，就连那炒炮、搓鱼子的味道，时至今日，似乎还在我的唇齿间萦绕着，久久不散。

便想着，有机会了，一定要再去一趟河西。

故人，旧味

戊戌年夏天，有高中同学自京城携老公小孩来静宁归省，作为故人，我总得尽一下地主之谊。

可是吃什么好呢？

她早年去德国留学，归来后在京城一家公司任职，常年在外奔波，估计山珍海味什么的，对她都没有多少吸引力……正当我踌躇之际，忽然记起朋友前段说过的一个去处，心下便立刻有了主意。

是一种家常味，但平时很少吃到的饭菜，名曰"膳碗子"。

电话里给她说了，她的反应居然超出我的意料，万分欣喜的样子。

是个雨天，那地儿有些偏僻。一行人开着车在小城里拐弯抹角，最后总算在老西兰公路快出城的方向，找到了那家小店。进得门来，但见不到30个平方的地儿，满满当当全是人。朋友和我会心一笑，说："人多的地方，饭食应该不错！"

于是就点了膳碗子。服务员说今天人多，厨房里只有两个人，要耐心等。等餐的当儿，就和她拉起关于这个吃食的一些往事。

老家地处黄土高原苦焦之地，十年九旱，吃饭是要看老天的脸色的。旧时，乡人一直在温饱线上挣扎，饮食普遍以杂粮为主，多素食。后来条件虽然有所改善，但大菜肉食，除了节日或者红白之事，还是难得一见。对于一辈子在黄土地上讨生活的人来说，一生中的"婚丧嫁娶"就是天大的事。遇到这样的场合，乡人一方面讲究个待客要礼数周到，尽主家情意；另一方面，由于受经济条件限制，没有大鱼大肉，膳碗子就成了当时静宁人待客的最高礼遇。

谁家有红白喜事的时候，主家会提前两三天，备了礼物上门请村里手艺最好的婆娘做了掌勺师傅，招呼亲戚邻居中手脚麻利的女人来帮厨。做膳碗子得有大肉，条件好的人家，会在过事之前杀一头猪备用，条件一般的，就到集市上买一点上好的五花肉回来。其他的食材，诸如萝卜、粉条、豆腐、豆芽、大葱、香菜、胡麻油、醋等等，大多都是自产的，用现在的话来说，是真正的绿色无公害，食材新鲜，味儿足。

过事的前一天，掌厨和帮灶都欢欢喜喜地来了，院子里搭起了篷布，篷布下面，有人洗萝卜，有人择菜，有人和面，有人挑水……一切都有条不紊，其乐融融。偶尔，那挑水的故意将水洒在择菜的婆娘身上，那婆娘顿时羞红了脸，急急起了身，在院子里追打那挑衅的男人，男人丢了挑水担，东躲西藏，狼狈不堪，其他人都笑得人仰马翻……

这是小时候最温暖的画面之一。

红白喜事的当天，一般要吃两顿饭，第一顿大多是面条，有些亲戚早上没进一口汤米，这面条算是早点。第二顿才是"正席"，正席的压轴菜就是膳碗子。

膳碗子分里外。先将炝炒之后的萝卜丝、粉条、土豆片、豆芽放在碗里垫底，再将豆腐切薄片均匀地摆放在中间。这是膳腕子最基本的内容，也是俗话说的膳碗子的"里子"。有了"里子"，当然就得有面子。中国人都讲面子，吾乡虽地处偏僻，但也不能例外。

膳腕子的"面子"，有点讲究，由一颗直径三厘米的大丸子和四片肥瘦相宜的五花肉组成。丸子采用猪前肩的肉，去骨去皮，剁碎加葱姜、料酒等调料，捏成肉丸。五花肉一般煮至八成熟，然后在肉的表层涂上一层蜂蜜，再下油锅炸至猪皮呈蜂窝状，颜色呈金黄色。然后切片，加入秘制肉料均匀搅拌，摆入托盘，上蒸笼蒸上三十分钟即可出锅。这样制作出来的肉片，去了油脂，入口肥而不腻，味道好，还有嚼头。

里外齐备之后，就装碗。先是将准备好的四片五花肉摆在碗里四周，取"四季发财"之意。再将一颗大大的肉丸子夹在五花肉最中间，据老人们讲，这种摆放具有天圆地方之说的含义。撒上葱丝、辣椒丝后，红黄白绿，色相绝佳的膳腕子让人垂涎欲滴。不要着急，还有最后一道工序——在碗中浇上秘制高汤，上笼蒸大约四十分钟后，传说中的膳腕子就闪亮出锅了。

吃膳碗子也是有讲究的，客人须先尝"面子"，一片黑红相间的五花肉入口，客人的味蕾瞬间被它的味道所征服，说不出话来，直伸了大拇指给主人点赞，主人此刻也是赚足了"面子"，脸上有光。乡人饭量都颇大，一碗是吃不饱的。这样的红白喜事酒席上，只有第一碗是有"面子"的，接下来尽管吃，直到吃饱为止，但碗里是再没有五花肉和丸子了，基本都是素菜。这种吃法，主客都心照不宣，热情似旧。现在想来，还是日子拮据的缘故。

"你知道吗，你们男生还能跟上大人坐席混上一口好吃的，我们女娃娃就一直没机会吃这个！"。老同学感叹唏嘘的当儿，热气腾腾的膳碗子终于上桌了！

"对，就是这个味道，做梦都想吃的味道！"

在我顾盼之时，她已经开吃了。同学老公是河北人，俩孩子又都在北京出生，我还担心他们吃不惯。但看到他们一家吃得热火朝天的样子，一颗悬着的心终于落回了肚里。

关于"膳碗子"这个名字的来历，乡人说是来源于清朝乾隆年间。斯是盛世，饮食市场空前繁荣，其中以"满汉全席"称雄饮食业。满族八大碗深受民间欢迎，八大碗在当时集中了扒、焖、酱、烧、炖、炒、蒸、熘等所有的烹饪手法。由于静宁地处陕甘交通要道，过往商旅兵士极多，受满族饮食文化的影响，智慧的静宁老百姓因地制宜，在节省食材的情况下，创造了极具地域特色的饮食——膳腕子。这名儿借用皇上吃饭的用具之名，乍听起来，既有皇家的荣耀、尊贵，又异于八大碗的豪华奢侈。但我私下揣测，"膳"疑为"苫"。《说文》上如此解释："苫，盖也。"个中缘由，看一下碗上的四片五花肉，大家就能猜出个端详来。

　　送别老同学之后，我发现在我的周遭，仿佛是一夜之间，一些被人们淡忘许久的传统小吃竟然一下子红火起来。偶尔经过一些小巷，熟悉的味道会不经意地飘进你的鼻子，让人不得不驻足留恋。这些小吃，或许只是一个人的手艺，但一定是符合大众口味的，是经历了时光的历练和筛选之后的沉淀，他们以其顽强的生命力，在丰富着人们的餐桌和味蕾的同时，也如一道闪电，瞬间唤醒人们许多温暖的记忆。

乡村宴席

在陇东乡村，除了春节这样的传统节日之外，最为盛大的聚会，就算村里的红白事了。

对于乡人而言，婚丧嫁娶，给孩子过满月，为老人祝寿，在庸常平淡的生活里，这都是天大的事。亲戚朋友，沾亲带故的各路人马都会纷至沓来，村里的各家代表都会悉数到场。这样的日子，不仅是乡村重要的社交场合，更是主妇们一展身手的好机会。

这些红白事中，最为隆重的，要数娶媳妇。

乡下规矩，一般是请阴阳先生择定良辰吉日之后，娶媳妇的这家人，就用上好的小麦面粉，蒸了大馒头，去请娘舅。这馒头，直径一尺左右，高约五寸见许，好看的大馒头，在上笼蒸之前，用小刀在上面轻轻划一个十字，这样出笼的时候，馒头的顶部就会像花瓣一样四下裂开，乡人称之为"笑"；再用食用红色素点上梅花一般的小点，这馒头看起来乐呵呵的，模样就有了喜庆的意思。馒头的质量和大小，笑开的程度，都会影响到娘舅家的心情，也事关主妇们的声誉，所以都马虎不得。

娘舅家请好之后，过事的前三天，主人就会邀请村里手艺最好的妇人作为主厨，再挑几个手脚麻利的妇人作为帮厨，开始买菜、杀猪、蒸馍，准备食材。猪是自家用粮食喂的，菜是自家种的，真正的无公害绿色食品。

厨房里的班子配齐，各项准备工作就绪之后，就要邀请村子里德高望重、说话管用，又热心庄众之事的人作为"总管"，邀请亲房本家作为打下手、跑路端菜"把席的"。过事的前一天晚上，主人会邀请总管和把席的本家团聚，一来是商量第二天过事的种种细节，二来是检验一下厨房里主妇们的手艺，譬如菜的搭配，味道的咸淡等等。

这一切准备停当之后，就等着过事。

第二天，黄道吉日来临，乡村宴会也正式登场。

一大早，主人家的门楣上，已贴上了喜气洋洋的对联，院子里也搭起了红色的帐篷，帐篷底下，炭火正旺，喝茶的围成了一堆；桌子上，碗筷齐整，只等亲戚朋友的来临。乡里规矩，主家过事的这一天，只要是登门的人，不管是过路的货郎，还是乞讨之人，都要视为贵宾，以礼相待，奉上最好的饭食。

有些多年未曾走动的亲戚到村里，一看变化比较大，房子都翻修了，路也硬化了，不知道怎么走，有些迟疑，就问村里的闲人，那谁谁家在哪，那闲人也不过多说，顺手一指："一直往前走，上个坡坡，院子里搭帐篷的那家便是。"问的人立刻心领神会，刚上坡，门前负责迎送的本家见了，赶紧放一串鞭炮，院内的主人知道是来重要客人了，小碎步跑着，出得门来，大老远地就迎将上去，一边寒暄，一边双手将人家带的礼物接过来，领到堂屋里。来客烧香磕头，拜了主人家的祖宗牌位，行了大礼之后，就被带到厢房里，吃面。

这顿饭是臊子面，其实是垫底饭，客人心领神会，想着一会还要坐席，就吸溜一碗了事。

不一会，客人陆陆续续来得差不多了，吃完面的这位，出得门来，也围着炭火坐下，认识的，不认识的，都互相敬烟让茶，开始了他们重要的社交活动：互相聊一些见闻，询问一下对方的情况。无非孩子学习咋样，老人身体如何，苹果收入等等。在QQ、微信、抖音没有发明之前，一些乡村的大事、奇闻怪谈都是通过这样的场合传播。

12点，新人进门，一阵喧哗热闹过后，乡宴正式开始，乡人称之为"坐席"。

最重要的亲戚，新娘的娘家人，被安排在堂屋，主宾推让之中，客人脱鞋，上炕，围着炕桌坐下。新郎的舅家人则在旁边的厢房里。其他各色人等，都在院子里陆续被安置着坐定。先上凉菜，一般是花生米、胡萝卜丝、猪耳朵、肝片、粉丝、黄瓜之类。凉菜上齐之后，主人和新人先要给客人们敬酒，能喝的，不能喝的，这时节都要呡上两盅，一来是感谢人家的盛情，二来是沾一下主人的喜气。

两轮敬酒结束之后，就是乡宴的主角，"膳碗子"开始登场。

旧时，陇东乡下生活清苦，许多人家都不富裕，但在婆媳妇这样的重大事件里面，既要表现主人的丰盛热情，又要量力而行，于是发明了膳碗这种菜。膳碗子其实是烩汤菜，一碗菜，下面两勺素菜，是土豆片、粉条、萝卜丝，素菜上面是一勺荤菜。一般是四片过了油的大肉片和四条老豆腐片，有些讲究的，还会有一颗直径三厘米左右的肉丸，再撒上葱花、芫荽，调上油泼辣子作为点缀。不论品相还是味道，都很诱人。我个人觉得，在我的陇东乡下的吃食之中，膳碗子这是一项无奈而重大的发明，肉片苫住的，是乡人的寒酸和清贫，同时也满足了主人的虚荣和尊严。乡人坐席，也是讲规矩的：上席不动筷子，下席的人绝对不能先动；下席没吃完，上席即便快吃完了，也要等下席吃完才能放筷子。条件好一点的人家，每一碗都有荤菜，条件一般的人家，第二碗上来的，就全是素菜了。坐主宾位置的一般是老人，一碗没有吃饱，第二碗又怕吃不完，浪费了，有时候就会分半碗给年轻一点的，那年轻人也乐呵呵地接了，不觉得有什么不卫生，内心里，反而觉得会沾了老人的福气。如果客人吃得多，说明这家请的主厨手艺好，主人脸上就有光。

堂屋里的气氛有点严肃，院子里则是另一番景象，小孩儿拿着鞭炮和喜糖在人群中挤来挤去；半大的小伙，吃了几杯酒，猴急猴急地去闹洞房；那些老实巴交的中年人，放下碗之后，酒量好的，则开始划拳或者老虎、杠子、鸡吆喝着开始捉对厮杀，有些酒量差的，也不消停，则在一旁起哄看热闹……这样重要的场合，不喝醉几个人，主人显然不够尽兴。酒量酒风都好的，即便是喝大了，时隔多年，也会被人们传为美谈，会受到乡人的敬重。

堂屋里的主宾吃得红光满面，抹着胡须的当儿，瞅了一下院子里的客人，也都吃得差不多了，便感谢主人说："今儿个吃饱了，也吃好了！"主人唯恐不够热情周到，照例还是要再劝挡一番。但老者已经下炕穿鞋。院子里的众人见了，仿佛得了无声的号令一般，各自摇摇晃晃地起身离席。

这乡宴，就告一段落。

第二日，吃了新媳妇的试手面，辞谢了总管、亲房本家、厨房里的一干人等之后，这事就算过完了。有剩余的馒头、菜，大都分给了邻居和帮忙的人，一点也不浪费。其他红白喜事，除了礼仪的差别之外，在吃食上，都和娶媳妇一样，大体一致。

不过，上面的这些场景，已经在我的老家日渐式微。城镇化带来的影响也正在改变着陇东乡村生活的秩序和内容。许多衣兜鼓起来的乡人，开始照搬城里人待客的方式。遇到重大日子，会按桌论价，邀请城里的厨师下乡。戊戌年冬天，去乡下给一个朋友的父亲烧三年纸。在我们这边，老人去世的当年，葬礼上的吃食一般简单，二周年只是亲戚本家过，三周年烧纸是大事，亲戚朋友都要来，还要邀请人，是要当喜事来过的，宴席须得丰厚，礼数须得周到，以此隆重感谢村人在老人去世之时的出力帮忙。

　　我去的那天，是个滴水成冰的日子，他们邀请了城里饭店下乡的大厨，上的菜倒是丰盛，八冷八热一碗汤，鸡啊、鱼啊、肘子啊什么的都有。由于来的客人比较多，在院子里坐席，许多人冻得直打哆嗦，凉菜刚一上来，就结上了冰碴子；热菜刚到桌上就热气全无。只有那盆热汤被大家迅速分喝了，有些客人甚至连筷子都没动一下，就离席告辞，对于许多人来说，这样千篇一律的宴席，大概对他们没有什么强的吸引力。那一刻，我倒是怀念以前的膳碗烩菜来，大冬天的，端上一碗热气腾腾的烩菜，既暖手，还解馋，比这看起来高大上的宴席，不知要实惠暖心多少呢！

　　有些事物，流传几百年甚至上千年，是经过了时间考验的，是有自己存在的科学性和道理的，有些东西，并不是新的就好。

　　后来听朋友说，他们将许多没有吃的菜都倒掉了，这简直是浪费，岂止是浪费！

　　不由得一声叹息！

端午之味

一年之中，除了正腊月之外，我最喜欢的，要数端午前后的这段时间了。

这时节，陇东一带的气候，像一个情绪渐入佳境的中年人，趋于稳定。燕子开始在屋檐下垒窝，庄稼们比赛似的，憋足了劲儿生长。空气里弥漫着一种透明的清香，那是青草和野花们的气息。端午前后，也是春种和夏收农忙的间隙，大戏在各村轮流上演，村口经常聚集着走亲戚的人，秦安过来的小货郎，晒太阳的老年人……乡村的初夏，安静之中，有着那么一股让人迷恋的生机。

喜欢这一段时间，还有一个重要的原因——端午节的小吃。

每年的端午，照例，学校是要放假的。清晨，还在睡梦之中，就听到父亲担水回来，倒水入缸的声音。这时母亲会喊我们起床，给每个人手上、脚上绑上五颜六色的"花线"。那时候家里困难，绣有"五毒"的荷包只有一个，哥哥戴过，姐姐戴过，我也戴过，最后轮到妹妹戴，好多年了，荷包仍然鲜艳如初。做好这一切后，母亲去厨房劳作，我们姊妹则兴冲冲洗了脸，穿上新衣服，上山，去喇嘛骨堆采艾草、折柳枝。我们分工明确：我爬树利索，上柳树折枝条，哥哥在地下接应。我爬上柳树的时候，看到姐姐和妹妹正在田埂上弯了腰拔艾草……荷包在妹妹胸前垂下来，像一朵盛开的花。

等我们回来，将艾草和柳条儿在门楣上逐个插好，母亲就招呼我们吃花馍馍和甜醅。花馍馍不多，一人两个，碗口那么大，母亲在上面用顶针压出了好看的图案，点上了不同的颜色。这种好看又好吃的馍馍，是小麦面粉发酵之后，兑了干面烙制而成的，和面的时候加了鸡蛋，咬一口，酥软，爽口，带着一股小麦特有的香。我舍不得吃，端午当天吃一个，另一个，小心翼翼地放进书包，藏起来，留到第二天带到学校里去吃。在学校里吃，其实还有点显摆的意思，是在晒母亲的手艺和家境。课间，小伙伴们拿出各色的花馍馍，要是谁过早吃完了，就只能干看着，是很伤自尊的事。

比起花馍馍来，我更迷恋甜醅特有的味道。

端午临近的时候，母亲就开始做甜醅。将莜麦和小麦簸干净之后，放在石臼里舂皮，去皮之后的粮食，放到锅里煮熟，在案板上晾到仅剩余温之时，撒上从货郎处买来的酒曲儿，然后搅拌均匀，装在盆子里，上面捂上衣服或者被子，放在我睡的土炕上。那几个晚上我有些小兴奋，睡觉总是半睡半醒，唯恐睡熟不小心弄掉盆子上的衣物，致使甜醅发酵不好，变酸。

经过三天的发酵之后，端午节的早上，母亲像举行一个盛大仪式一样，揭了盆子上面的衣物……一股带着浓郁酒香的味道扑面而来，让人有些迫不及待。我眼巴巴地瞅着母亲，她用勺子尝一口，从她的脸色，常能判断出这甜醅是甜了还是酸了。成功的甜醅，莜麦和小麦颗粒晶莹发亮，带着一股清爽的甜味。母亲看我那馋样儿，用勺子敲一下我的头，笑道："还能少了你这'尖嘴蚊子'（因为贪吃，父亲给我起的绰号）的！"

但也不给我多吃，就一碗，她怕我吃醉。

一大盆甜醅，我们一家八口人，一顿也是吃不完的，母亲担心它继续发酵变酸，就会加点水，放在锅里熬了。这种带汁儿的甜醅，可以存放好几天，每每放学回家，我都要盛上满满一碗，先解馋，一碗清凉、醇香、回味悠长的甜醅下肚，才吃正饭。

其实，甜醅子也不是吾乡独有的食物。在甘肃一带的农村，端午节的时候，几乎家家户户都是要做的，在节日里，和南方的粽子有着同等的地位。关于它的来历，已经无处可考，但当地有一个传说，说是在清朝早期，六盘山一带的人民生活贫苦，衣不遮体，食不果腹，康熙帝有次来六盘山地区微服私访，去了一个王姓贫苦人家，看到她家的六个孩子赤着身子，在舔食麦秸编织的钵中的煮莜麦，就问他们在吃什么，随从的官员不敢如实回答，就灵机一动，应答说："舔钵。"康熙帝有感于这里人民生活的困顿，回京之后，下旨免了六盘山一带的苛捐杂税。人民感激他的恩典，就专门送了一盆煮莜麦给康熙，谁知由于路途遥远，再加上天气炎热，这盆煮莜麦到了京城之后，已经发酵，变成了弥散着浓烈酒香的可口食物，康熙尝了一口，龙心大悦，呼之曰："好舔钵!"这事在六盘山地区传开之后，就成了"甜醅"。

在我看来，这个漏洞百出的传说，其实寄予了吾乡人民内心对美好生活的期望，即便是最普通的吃食，如果和帝王将相能攀上一点关系，便成了尊贵和美好的象征。实际上，在很长一段时间里，甜醅被赋予了更重要的意义，端午的时候，老家里是家家户户要走亲戚的，尤其是过了门的女子，带给娘家老人的礼物里，就有自己动手煮的甜醅，在孝敬老人的同时，也从一个侧面说明自己的日子过得相当不错，娘家是可以放心的。

而现在，这种以前只有节日才吃的美味，成了随时能够享受的地方小吃。兰州的大众巷里，有许多专门卖甜醅子、灰豆汤的小店，夏天的时候，常常见外地的游客三五成群的围坐了，饶有兴味的小口啜着甜醅子，用一句兰州话说："那个满福啊!"我居住的小城里，有个回民小贩，每天上午9点左右，总会推着自行车，走街串巷拉长了腔调喊："甜——醅子!"那韵味十足的吆喝声，像是一道闪电，瞬间照亮我内心温暖的部分。

高处的暖锅

　　腊月三十的下午，我在院子里拆了鞭炮，一根一根点着玩，抬头间，瞥见父亲从堆放杂物的窗台上取下一个灰头土脑的东西，眯了眼，凑在跟前噗噗地吹，我问他："这是啥玩意呀？"父亲边吹边应我："敬神的暖锅子！"

　　吹去了上面的灰，那东西显出了真实的模样：一个像锅一样的粗砂器物，高约四十厘米，中间凸起，是个烟囱，紧挨着烟囱，一圈儿中空的凹槽，底部有个小洞。我瞅到暖锅膛里还有不曾完全燃烧的木炭渣。父亲倒了木炭渣，又放到水盆里，仔细清洗。

　　年三十在哄闹中很快就过去了。初一醒来，我们去堂屋里给爷爷拜年，给先人上香。磕完头，起身的时候，我看到那个暖锅高高地立在神案前面供桌的中央，烟囱里缭缭绕绕冒着青烟。它的周遭，是高高垒起来的菜。我踮起脚尖，看到有我平时最难吃到也最喜欢吃的肉片，焦黄焦黄的，还有鸡蛋饼、豆腐、粉条。暖锅似乎在故意挑逗着我的食欲，冒着热气，嘟嘟

有餘圖

己亥四月平利

鸣叫，饭菜的香味在堂屋里弥漫开来……但这个暖锅我是吃不到的，父亲说，这是给逝去的那些先人们享用的。敬完神的食物，娃娃也不能吃，要给家里的长辈，也就是爷爷奶奶吃。

这是小时候第一次见到暖锅的景象。它是那么的高大、神圣，近在咫尺，又遥不可及。

尝到暖锅的滋味，是后来。

三天年过完之后，村子里开始耍地摊、夜社火。我那会儿才上小学一年级，因为个头小，顶狮子、舞旱船、跑纸马、敲锣打鼓这些重要的社火角色都轮不上我，由村里高大帅的小伙子们担任；"载旦"和"船娘"的角色，也是由十几岁的女孩子们来完成的。好在我有一副跟着伙伴们放羊时练就的大嗓门，于是"社火头"就叫我唱曲儿。《劝人心》《十杯酒》《绣荷包》《十炷香》等曲儿，腔调简单，在腊月里"烧"社火的时候已经基本练习会了，即使偶尔忘了也没关系，因为还有唱了好多年的大人们在那主唱，我们充其量也就是个帮腔的。

老家的社火在附近是出了名的，狮子威武，纸马灵活，还有会武术表演的"拳棒手"……每年都有附近的村庄来请我们去演出。这是最让我心动和向往的时刻，我们叫社火"出庄"。老家人嬉笑某个有点本事的人，会说："哇，你还是个出庄的社火嘛!"出庄是比较严肃的事，社火队演不好了，会遭到用土扬、"熬社火"等一些差辱。所以出庄的那天，天还没黑，社火队就集中了。动作不熟的，要多练上几遍；曲儿不熟的，也要再温习温习。临走的时候，社火头儿还要"三大纪律八项注意"地叮嘱一番。

天黑下来之后，一干人提着灯笼，收拾好东西，就敲锣打鼓出发了。邻村的人也早早在村口提了灯笼，敲锣打鼓地迎接。转了东家转西家，耍上三五家之后，就到了我最心仪的地方。主人早在院子里摆好一排门扇，门扇上十几个暖锅子一溜儿排开，热气腾腾，火苗乱窜。暖锅子旁边是村里人家端来的油饼、花卷、馒头。主客寒暄一番之后，几十个人围着门扇开始呼哧呼哧地抢着吃，有些人没有筷子，怕暖锅里的菜没了，就地取材，折一些高粱秆儿当筷子，只见筷子雨点儿一般落下，不一会儿，十几个暖锅就都见了底。

锣鼓声再度响起时，吃完暖锅的人，就要给主家唱个道谢曲："天上的星星打吊吊，我给亲戚把谢道，我有心给亲戚多玩耍，月落灯灭难回家……"因为肚子里装着香喷喷热烘烘的暖锅菜，每次的道谢曲，我都唱得特别起劲。

这些都是小时候关于暖锅的记忆。

现在的李家山，地摊社火是很多年没有再耍了。正月里的年轻人，更钟情于喝酒、打牌、上网、看电视这样的娱乐方式。倒是暖锅，从供桌上走了下来，成了农家冬日的家常美食。

装暖锅是有讲究的，要一层一层地装：先在底层铺上生洋芋片、酸菜、萝卜片；第二层可以放入泡好的粉条，煮熟的鸡块、排骨，再依次加入豆芽、白菜等生蔬菜；最上层可以放一些炒制好的五花肉片、豆腐和丸子等。暖锅里面的菜，最多可达七层。装好的暖锅，盖上盖子，才能生火。夹一些燃着的木炭，放在暖锅的膛里，用扇子将火扇旺，等暖锅里冒热气的时候，用调好调料的汤汁儿不断地浇淋，好让下面的菜入味。

吃暖锅也是有讲究的，要从最上层开始，一层一层地吃。暖锅的精华其实在下层，经过汤料的浇煮，土豆已经软烂如泥，入口即化，白菜和萝卜也摇身一变，成了让人迷恋的事物。有朋友说，吃暖锅就像看人，历久弥香，不到最后，你是无法品出它的真味的。

暖锅有新式和旧式的两种，新式的是红铜做的，很像四川、重庆、北京一带的涮锅；旧式的是传统的砂土烧制的那种，我们叫土暖锅。比起铜暖锅来，我更钟情土暖锅，因为经过无数次的烧煮，食物的味道已经深深地渗入到粗砂器的缝隙与颗粒当中，这样的暖锅，沉淀了时间的记忆和味道。这样的老暖锅，即使你不用调料，只装上菜，用火煨，也有浓郁的香味。去年正月里，我在秦安一个名叫双庙的小村庄里看地摊社火，有个老汉抱着一个小巧的粗砂土暖锅说："这是光绪年间的，我们先人传下来的，不知道有多少人吃过它，现在是我家最值钱的宝贝呢！"

其实暖锅这东西，并不是吾乡特有的事物，江南某些地方，给了它一个很有品位的名字："胡适一品锅。"这土里吧唧的东西，怎么就和新文化运动的旗手人物联系到一起了，有待进一步考证。最近和散文家李新立喝酒，新立兄说，暖锅其实是从古代祭祀用的青铜器演化而来的，醉酒之后，吃暖锅，听之，深以为然。

　　而距我七十公里的庄浪县，暖锅这种地方小吃已经被发扬光大，开发出了荤暖锅、素暖锅，配上庄浪特制直径达四十厘米的大馍馍，吃暖锅成了当地一个盛大的景象。我曾暗自揣测，乡人喜欢暖锅，大概是冬天里，出门在外的人赶回来，外面的雪下得正紧，一家人团坐在温热的土炕上，你一筷子我一筷子，可以吃出来那种团圆热烈的景象吧。

麻腐盒

　　乡村里的每一个节日，其实都是小吃的狂欢。

　　正月十五点灯盏，灯盏是自家用荞麦面捏成的，有各种造型，十二生肖居多，里面放上一勺清油，各自拿了自己的属相，点完之后，舍不得吃，要放上几天，才吃；二月二吃炒豆子，小伙伴的兜里都装了各种豆子：大豆、小豌豆、黄豆，有一种黑色缠丝的黄豆，特别好吃，嚼的时候，有种油性的韧劲；端午要吃甜醅；中秋夜，除了吃苹果、梨等水果外，还要杀一只土鸡，烙一些月饼，月亮升起来的时候，要在院子中央放了盘子，盛了各色果品，燃上香火，祭奠神灵之后，才可以吃。我揣摩，大概是感谢神灵保佑五谷丰登的意思吧。

　　农历十月一，是给逝去的先人送过冬衣服的日子，也是吃麻腐的好时节。

　　送寒衣是乡里的旧俗，西北尤为隆重，据说是由孟姜女哭长城而来。静宁在古代是边防之地，秦长城在这里蜿蜒曲折几百里。这些熟土夯筑的防御工事，如今在岁月的吹拂之下，变

糜麵燈盞

己亥春午時乙印平刻

成了低矮的土墙，但送寒衣的旧俗却是千年不易。到了这一天，昔日车水马龙的小城忽然就变得安静委顿下来，许多人都要回乡下去，给先人点纸，送上亲手剪制的纸衣服。有些路途遥远，不能回家的，就在城市的十字路口或者城隍庙里跪了，隔着千山万水，给祖先送温暖。寒衣虽说是纸做的衣服，却是寄予了子孙后代对先人的怀念和温度。

从先人的坟地回来，一家老少盘腿坐在热炕上，晚餐端上来了，众人眼睛一亮：是麻腐。

麻是中国本土植物之一，《诗经》里就有关于麻的记载："丘中有麻，彼留子嗟。彼留子嗟，将其来施施……"写一个女子，在青青的麻地里等待情人的忐忑场景。这种从《诗经》里走出的古老植物，在我的老家有着广泛的种植，不仅给乡人提供了油料、绳索、柴火和麻鞋这些日常用品，还为乡人提供了一种特殊的美食：麻腐，因其含麻酱，形似豆腐，故名。我很疑惑宋朝人吃的麻腐和我吃的是不是一回事。

麻腐做起来也有些"麻烦"。先将果实如蜂巢一般的麻棵儿在场院里甩下麻籽来，晒干。用筛子挑选出干净饱满的麻籽，用石磨耐心磨了，双手捏成团，攥净麻油，加水，搅匀，用细箩虑去皮壳等杂质，这个过滤过程要反复两三次，确保杂质完全滤净。之后就将汤汁放入锅内烧沸，边烧边用勺子舀了浇。这个环节和点豆腐的方法大致相似，只不过豆腐要用浆水或者石膏来点，而麻腐不用这些东西。待麻腐在锅内飘起来，凝成团儿之后，就可以捞出来，再撒上葱花、盐等调料炒成馅儿待用。

馅有了，还得有皮才好。将发酵好的小麦面团儿，擀成圆形的薄饼，一指来厚，在一面抹上麻腐，折起来，呈巴掌大的半圆形，边上压成花纹状，放入锅中烙制，待面饼两面皆呈焦黄色时，就可以出锅，这样的麻腐饼，乡人叫"麻腐盒子"。乡下最常见的吃法，是蘸了加入浆水的蒜泥趁热吃，既保持了麻特有的香醇，又有浆水和蒜泥的酸辣，一口下去，仿佛世间最美的味道都集于此了。

麻腐饼子馍瓤绵软，富有营养，是老年人最钟爱的小吃。爷爷奶奶在世的时候，十月一过完，母亲总是要做几顿，但我们孩子就吃不上了，是专门给老人吃的。但是现在，作为时令性地方小吃，它越来越受到了年轻人的喜爱。在六盘山下面的静宁、庄浪、秦安一带，每年到农历十月之后，总有农民用新鲜的麻子磨成麻腐，用铁皮桶挑了到市场上售卖。一些从农村里连根拔起的人，也可以买回来自己做，一解口齿之馋。到了春节过后，麻子就陈了，做出来的麻腐就没有了鲜嫩之味。

父亲在世的时候，在果园里、玉米垄边，总是要种些麻的。父亲走后，母亲一个人守着老屋，不肯到城里来。家里的果园给了大哥种，母亲只留了几分地，种些蔬菜。夏天回家小住的时候，我在菜园里溜达，发现园子的一侧密密麻麻长着几十棵麻，很是繁盛的样子，问母亲还种这些作甚？母亲笑而不语。今年十月一，我在外地出差，大哥前一天打电话问我"回来给父亲送寒衣不？"说是母亲正在磨麻子，做麻腐饼子呢——

电话这头，我竟无语凝噎。

跋

我原是惧怕写散文随笔的，因为这个文体，但凡是上过小学的，都会。年少轻狂的时候，也曾写过一些，也曾见诸报刊杂志，但后来，就不怎么写了，专心侍弄我的诗歌。

觉得自己的散文随笔没有进步，很难有大突破，不如放手。

2014年，认识了一个朋友，写散文，我觉得她有才气，但不好好写，有些三天打鱼两天晒网的意思，我说，那好，我写吧！

可是，写什么呢？

人到中年，开始有些怀旧的意思，想起过往的种种，总有些意犹未尽之感。尤其是这些年到处游荡，在外胡吃海喝，算是见了一些世面。但我发现即便是如此，我的胃却似乎比感情要忠诚得多，对一些老家日常的食物一直保持着近乎偏执的热爱。譬如有年夏天在马尔康，和一帮人去柯盘天街游玩，途中见了当地人家篱笆后面青翠的小葱，我不顾颜面，拔了几根边走边吃，同行的四川朋友取笑我：洗都不洗呀？有那么好吃吗？

答案呢？看一下我的吃相就知道了！我想，要是有一块刚出笼的馒头或者饼子就更过瘾啦!

四川的朋友还是觉得我有些不可理喻。

就从胃的记忆开始,写吃的吧!大俗之中亦有大雅。断断续续写了一万多字,其中的一些,刊物的朋友也拿去刊了出来。中间又因为懒惰的缘故,没有继续下去。

转眼到了2018年,帮朋友组一个书稿,结果送审的选题都没有通过,忽然想起自己也搁置许久的那个系列,就发了些过去,没想到出版社的朋友回过话来:对,就是这个风格!写吧!

只好赶着鸭子上架,集中精气神,又捯饬了几个月,于是,便有了这部《陇上食事》——

写的都是一些日常吃食,陇上风物,夹杂了一些朋友之间的旧事,在我看来,都是乏善可陈的,但如果有人喜欢,那倒是天大的惊喜了!

感谢甘肃省作协主席马步升活色生香的序言!感谢本书的责编金晓燕女士!感谢策划这本书的朋友王菱!感谢李平利先生为这本小书做了插画!感谢愿意读这些文字的每一个读者——正是因为你们,让我有了继续书写的勇气和信心!

李满强

二〇一九年八月十日,古成纪